Le Livre de Poche
Jeunesse

Pierre Pelot est le pseudonyme de Pierre Grosdemange, né en 1945 à Saint-Maurice-sur-Moselle, dans les Vosges. Après le certificat d'études, il entre en apprentissage pour en ressortir aussitôt; ni la peinture, apprise par correspondance, ni la bande dessinée ne le retiendront longtemps. Hergé lui conseille d'écrire et, depuis 1966, il publie, sous divers pseudonymes, westerns, policiers, science-fiction, textes pour la radio et romans pour les jeunes, qui lui ont valu plusieurs prix. Fidèle au pays vosgien, il y vit avec les siens et y situe volontiers l'action de ses romans.

DU MÊME AUTEUR

Dans Le Livre de Poche Jeunesse :

Le train ne sifflera pas trois fois
Les légendes de terre

Je suis la mauvaise herbe...

Pierre Pelot

Je suis la mauvaise herbe...

Couverture et illustrations
de Akkos Szabo

Éditions G.P.

Chapitre 1

La mauvaise herbe

Quand l' jour de gloire est arrivé,
Comm' tous les autr's étaient crevés,
Moi seul connus le déshonneur
De n' pas êtr' mort au champ d'honneur

Je suis d' la mauvaise herbe,
Braves gens, braves gens,
C'est pas moi qu'on rumine
Et c'est pas moi qu'on met en gerbe...
La mort faucha les autres,
Braves gens, braves gens,
Et me fit grâce à moi,

C'est immoral et c'est comm' ça !
La la la la la la la la
La la la la la la la la
Et je m' demand' | *bis*
Pourquoi, Bon Dieu,
Ça vous dérange
Que j' vive un peu...

. . . .

Les hommes sont faits, nous dit-on,
Pour vivre en band', comm' les moutons.
Moi, j' vis seul, et c'est pas demain
Que je suivrai leur droit chemin.

Je suis d' la mauvaise herbe,
Braves gens, braves gens,
C'est pas moi qu'on rumine
Et c'est pas moi qu'on met en gerbe...
Je suis d' la mauvaise herbe,
Braves gens, braves gens,
Je pousse en liberté
Dans les jardins mal fréquentés !
La la la la la la la la
La la la la la la la la
Et je m' demand' | *bis*
Pourquoi, Bon Dieu,
Ça vous dérange
Que j' vive un peu...

Georges BRASSENS.

Journal de vacance.

Simon Larmier
Les Braqueux
Vizentine sur Agne.

maintenan je sai écrir. Je mapelle Simon Larmier, et j'ai 7 an, et je sui né le 15 out 1913.

C'est les vacance. Normallement, c'est encore l'école mais la maitresse est malade alors pour toute la classe enfentine c'est déja les vacance. Je sui conten d'ètre en vacance.

Cest le moi d'out et biento ce sera mon aniversère.

La maitresse a di que pendent les vacance on devais fère un journal de vacance. Cest pa un vrai journal et sa veu dire quon doi écrir sur un caié ce quon fai pendan les vacance.

Cest vendredi et il fai bau. Il y a du soleil. Aprémidi, jé atrapé des perlinquinquins dans le pré en ba de ché nous. Il y en a encor et poutan cest le moi d'out, dabitude au moi d'ou il y a lontan que les perlinquinquins son parti. Mai cet ané il y en a encor et c'est peutètre un signe de bau tan, je ne sé pas. Jen ai atrapé bocou et je les ai mis dans une grosse boite d'alumète.

il a fé drolemen cho.

Simon, tirant la langue, délia la petite queue du *o* qui terminait le mot. Il piqua sur la feuille un point final bien net et se redressa.

Il considéra un instant, d'un œil plutôt satisfait, la demi-page de cahier couverte de son écriture ronde et violette, fit quelques petits bruits guillerets en claquant le bout de sa langue contre ses dents. En panne d'inspiration, il posa le porte-plume sur le bord de la table, prenant garde à ce qui restait d'encre au bec de la sergent-major.

Il relut sa prose, et son esprit dansait. Simon se demanda s'il n'avait pas fait trois ou quatre fautes d'orthographe : les mots *vacance* et *caié*, en particulier, ne lui paraissaient pas dans leurs atours ordinaires... Le buvard rose qu'il plaqua sur le texte, et qu'il pressa, épongea l'encre et le doute avec une même efficacité.

Simon referma le cahier, reboucha l'encrier et regarda une guêpe des forêts qui planait par à-coups au-dessus du porte-plume. Il se mit à chantonner, entre ses dents de souris, lèvres pincées et joues rondes. La mèche de cheveux blonds qui lui barrait le front s'ébouriffait de vent – un vent qui n'en méritait pas le nom, un vent comme si là-haut le ciel, lui aussi, joues rondes et dents serrées, chantonnait. La trace blanche de la tondeuse, sur la nuque et au-dessus des oreilles, s'estompait progressivement; il suffisait d'encore trois ou quatre jours de soleil pour qu'on n'y voie plus rien, le cheveu repoussé s'alliant au hâle de la peau.

Lorsque la guêpe s'en fut allée, Simon prit le porte-plume, et, après s'être assuré que le bec était sec, il le rangea dans le plumier, avec la gomme et les deux crayons de papier. Il ferma soigneusement le couvercle à glissière, considéra un instant ses initiales que Papa avait gravées au feu sur le bois clair, deux ou trois jours avant la première rentrée des classes.

Simon soupira, s'étira. Il avait chaud, dans sa chemise et ses culottes de drap, les pieds nus noirs de poussière se balançant à quelques centimètres au-dessus du sol. Le siège paillé de la chaise était dur. Et même cette oasis d'ombre, que hérissait le chapeau hirsute et tremblant d'une gerbe de bouleaux, cette ombre-là, pourtant lourde du soir à l'affût, n'était point parvenue à apprivoiser quelque fraîcheur.

Assis sur la chaise bancale, les coudes au plateau de fer de la table pliante, Simon s'écouta vivre sans que l'envie d'un geste – du moindre geste – vienne le taquiner. Il s'écouta vivre, et, par Dieu ! c'était calme, reposé, tranquille. C'était au rythme des feuilles du buisson chatouillées par le vent gentil, à celui du vol lourd d'un monsieur Bourdon, noir et gras-doré ; c'était comme ce nuage rond, ouaté, qui n'en finissait pas de grimper dans le ciel clair, là-haut, juste au-dessus du Chésau Bottrémi, de l'autre côté de la vallée.

Simon se sentait bien.

La crête dentelée des coteaux aspirait le soleil. Bientôt, dans une couple d'heures, le versant nord de la vallée serait tapissé d'ombre.

Il faisait bon rêver et laisser flotter son esprit, comme dansent les bulles de l'averse à la surface des flaques.

La maison, à dix pas, se taisait tout entière dans le soleil oblique – elle craquerait plus tard, et les poutres, à la nuit, se raconteraient dans l'ombre leurs plus chauds coups de soleil. Un lézard gris était venu se crucifier sur le crépi de chaux, au-dessus de la porte cochère – les pensées de la petite bête devaient être fort voisines de celles de Simon.

A la porte du hangar de planches noires qui suaient le crésyl, le chien, dans un coin d'ombre, dormait d'un œil, tendu comme une bête morte. De temps à autre, il se dressait, fébrile, pour se mordre une puce.

Simon soupira encore.

Bientôt – c'était presque l'heure – Papa et Man quitteraient la salle surchauffée de l'usine. D'où il se trouvait, Simon pourrait les voir, au moins depuis la route, en bas, qui coupait le village et suivait le lit sec de la jeune Moselle. Ils traverseraient cette route, et, plutôt que suivre le chemin en lacet, ils grimperaient tout droit, par le raide sentier tranché à travers prés. Papa d'abord, son veston sur l'épaule, le pas lent, régulier, et puis Man, à trois ou quatre mètres en arrière, les manches de sa blouse retroussées sur ses bras couleur de pêche, mille flocons de coton dans ses cheveux de jais. Ils seraient là, et c'en serait fini de la chaleur pesante, comme si leur seule présence suffisait à redonner la vie là où ils se trouvaient.

En bas, dans le village, le silence brûlait. Les seuls bruits qui montaient dans l'air chaud venaient de la halle de la gare, où des voituriers devaient charger un wagon : on entendait cogner les quartiers de bois et les billes sur le fond métallique ou contre les parois.

Et puis, après Papa et Man, ce serait le tour de Tilix.

Simon sourit. A cette simple pensée – Tilix allait venir – il se sentit des fourmis dans les membres, comme si l'écrasante chaleur, soudain, ne comptait plus vraiment.

Tilix était l'ami. Depuis bien longtemps – ce que veut dire longtemps lorsque l'on a sept ans. Tilix avait treize ans, lui, et était sorti de l'école comme Simon y entrait. A douze ans et deux mois, quatre jours après avoir ramené à la maison le papier glacé de son certificat d'études, Tilix était entré à l'usine, et travaillait. C'était un peu gênant – pour Simon, à l'orée vide de deux mois de vacances. Mais il y avait les soirs, les longues soirées à partir de cinq heures de l'après-midi. La maison de Tilix n'était pas à cinq minutes de marche de celle de Simon.

Et Tilix viendrait, et ils iraient se soûler de folies et de jeux en forêt. Il n'y en avait pas deux comme Tilix pour inventer des passe-temps merveilleux, à partir d'un rien. Il voulait être explorateur et n'avait pas encore compris que les seules jungles qu'il pouvait être amené à découvrir étaient celles des métiers à tisser, dans le bruit infernal et la chaleur suante, que ses lianes seraient celles des courroies de transmission, pendues entre sol et plafond, sous les verrières du toit en dents de scie passées au bleu de méthylène, que « ses sauvages » à pacifier auraient toujours le visage retors de certains contremaîtres... Il n'avait pas compris – et encore moins Simon, bien entendu – il ne comprendrait peut-être jamais. Ou alors ne l'admettrait jamais. Pour ce refus obstiné, il serait toujours Tilix. Eternellement Tilix – de son vrai prénom Félix, puis Petit Félix, puis...

Sur le pas de la porte cochère, la grand-mère apparut. Le lézard fila sur le mur.

Derrière la grand-mère, il y avait Licette, haute comme rien du tout, les cheveux sur les yeux et un chat dans les bras.

Simon se redressa. Le chien ouvrit les deux yeux, leva la tête.

La grand-mère fit quelques pas dans la cour, sans but. Elle entra dans une tache de soleil et, par endroits, le tissu usé de sa longue robe noire brilla, comme une vraie soie noble. Son visage était rouge, aux pommettes surtout; ses cheveux rassemblés en chignon étaient de neige.

« Elle n'a rien sur sa tête, encore », se dit Simon. Si Papa, ou Man, avait été là, jamais la grand-mère ne serait sortie en plein soleil la tête nue. Elle faisait souvent des bêtises, des choses

Sur le pas de la porte cochère,
la grand-mère apparut.

qui irritaient Man – et Simon avait appris à voir dans l'œil de Man, lorsque la grand-mère avait fait quelque chose d'ahurissant. C'était la mère de Papa ; elle était à la fois sacrée et infernale – surtout dans les quelques jours qui précédaient ou suivaient les changements de lune.

La grand-mère se baissa, arracha un soupçon de gazon qui avait eu la mauvaise chance de croître là. Cela parut lui donner une idée, et elle se mit en marche vers le jardin, de l'autre côté de la maison. Le chien et Simon la suivirent des yeux jusqu'à ce qu'elle disparaisse derrière l'angle du mur. Elle adorait faire cela, et rien ne pouvait l'en empêcher. Elle se promenait dans les allées du jardin, pour surveiller la croissance des oignons ou des haricots, et se penchait ici, se penchait là, arrachant net la plus petite ombre d'ivraie, comme une poule picore. L'âge venant, s'installant, pesant sur ses yeux comme un brouillard d'automne en surface d'étang, il arrivait bien sûr qu'elle rangeât au nombre des mauvaises herbes telle pousse de soucis, telles autres de salades tendres... Et, si l'œil noir de Man contemplant le massacre et l'Attila en cottes sombres, si les réprimandes de Papa parvenaient tout de même à lui rougir la couperose, l'humiliation n'en était pas moins brève et fugace. Des remontrances trois heures durant n'auraient pas été de taille à lui saper l'envie d'un petit tour dans le jardin, l'instant venu...

« Licette ! » appela Simon, sans trop savoir pourquoi.

Il songea : « Je parlerai de Licette dans mon journal de vacances. Parce que c'est ma sœur, et elle fait des choses rigolotes, parfois... »

Licette hésita un instant, puis elle remonta sur sa poitrine le chat gris qui voulait s'en aller, enserra l'animal de ses petits bras couverts de griffures – on y trouvait mêlées les signatures des chats, des ronces et même des poules, avec, sur le bras gauche, le long paraphe d'un lapin qui n'avait pas voulu, un jour, demeurer calme dans la voiture de poupées. Elle s'approcha.

Se planta devant la table de Simon, et sourit. Le ruban qui devait normalement retenir ses cheveux avait disparu. Il y avait un accroc nouvellement né au bas de son tablier.

« Man ne veut pas que tu te promènes pieds nus », dit Simon.

Le sourire de Licette s'élargit, ses yeux noisette pétillèrent. Elle eut un mouvement de tête, peut-être pour rejeter de côté la mèche de cheveux qui lui tombait sur le nez.

« Toi, tu es bien pieds nus, décréta-t-elle.

– Je n'ai pas cinq ans », dit Simon – et il se demandait avec une lassitude soudaine quelle mouche l'avait piqué, pourquoi il avait appelé Licette, dans quelle espèce de conversation, perdue d'avance, il s'engageait.

Le chat avait dégagé une de ses pattes, qu'il appuyait fermement, griffes ouvertes, sur le bras de la petite fille, essayant de s'extirper du piège d'affection dans lequel il tombait si souvent. Licette serra les dents, résista... jusqu'à la goutte de sang qui perla sur la peau bronzée.

Le chat s'enfuit comme une flèche, s'arrêta à vingt pas et secoua la tête.

« Tu devrais mettre tes sandalettes, dit Simon. Man va rentrer, et tu verras. »

Licette mouilla le bout de son doigt, badigeonna de salive la nouvelle griffure. Elle posa un long regard sur le chat gris et hors d'atteinte, demanda :

« Pourquoi il n'a jamais de petits, Pompon ?

– Parce que c'est un chat, dit Simon.

– Et Risette, c'est un chat aussi. Risette va avoir des petits.

– Risette, c'est une chatte, dit Simon. C'est une maman chatte, et Pompon c'est un papa chat. Voilà.

– Et alors ? dit Licette.

– Tu devrais aller avec la grand-mère, dit Simon. Parce qu'elle est dans le jardin, et elle va arracher des tas de choses qu'il ne faut pas arracher.

– Vas-y, toi », renvoya Licette.

Simon ferma les yeux. Il se coucha à demi sur la table, posa sa joue sur son bras tendu, à plat. De cette façon, ses yeux étaient juste au niveau du visage de sa petite sœur.

« Tu joues avec moi ? » dit Licette.

Simon ouvrit les yeux et fit une grimace, comme s'il était au bord de l'épuisement.

« J'ai pas envie, dit-il. Je suis fatigué. J'ai fait des devoirs, et je suis fatigué.

– C'est même pas vrai ! lança Licette. D'abord,

si Tilix vient, tu seras pas fatigué, et vous allez jouer, et tout ! Et puis tu ne joues jamais avec moi... »

Elle était capable d'affirmer de telles énormités avec une aisance et un aplomb fantastiques !

« Et ce matin ? récita Simon. Et hier ? Et au début de l'après-midi ? Et avant-hier ? Et tous les soirs ?

– Tu ne joues *jamais* juste quand j'en ai envie ! »

Simon se redressa. Il planta son regard dans celui de la fillette, pour une de ces joutes qui duraient parfois plus de dix minutes – et qu'il perdait régulièrement, d'ailleurs.

« Le premier qui cale », dit-il.

Licette secoua la tête.

« Je ne veux pas jouer à ça ! »

Ses yeux tombèrent sur la boîte d'allumettes posée à côté du plumier. Puis elle regarda Simon, ahurie pendant quelques secondes, avant de finalement laisser tomber, dans un souffle :

« Je le dirai à Maman !

– Quoi ?

– Que t'as des allumettes. Maman veut pas, et c'est danregeux.

– Dangereux, corrigea Simon, la mine épanouie.

– Je le dirai ! s'entêta Licette.

– Tu ne diras rien, parce que ce n'est même pas une boîte d'allumettes.

– Ah ! non ? Tu es un menteur, et c'est une boîte d'allumettes.

« Tu joues avec moi ? » dit Licette.

– D'accord, admit Simon. Mais elle est vide, et c'est pas des allumettes qu'il y a dedans. Voilà.

– C'est même pas vrai, alors... »

Suspicieuse, Licette s'approcha de la boîte. Un léger grésillement s'échappait du carton. La petite fille recula.

« C'est une bête ?

– C'est des bêtes.

– Dis-moi c'est quoi, Simon...

– Des perlinquinquins », dit Simon.

La lueur émerveillée qui dansait dans l'œil de Licette s'estompa aussitôt.

« C'est même pas des berlinquinquins, dit-elle. Il n'y en a plus, maintenant. Papa me l'a dit.

– C'est des *perlinquinquins.* Pas *berlinquinquins.*

– Moi, d'abord, je dis *berlinquinquins*, et puis tu dis un mensonge.

– Regarde », dit Simon.

Il prit la boîte, s'apercevant à l'instant même qu'une fois de plus il s'était fait piéger, que la seule chose dont avait envie Licette c'était précisément qu'on ouvre la boîte pour lui permettre de voir les perlinquinquins. Il suffisait de voir les yeux et le sourire gourmand de la petite fille...

« Regarde », répéta Simon.

Il fit glisser le couvercle de la boîte d'un centimètre.

« Houuu ! » cria Licette, enthousiasmée.

« Regarde », dit Simon.

Dans la boîte à demi remplie d'herbes et de fleurs, une foule de petits hannetons grouillaient, se chevauchaient, vrombissaient. Deux s'échappèrent, étirant brusquement leurs élytres et découvrant une seconde l'éclat vert et métallisé de leurs ailes.

Simon referma la boîte.

« Dis donc ! s'extasia Licette. Qu'est-ce que tu en as !

– Oui », dit Simon.

Il posa la boîte devant lui, sur le cahier recouvert de papier bleu.

Licette s'approcha, s'appuya sur sa cuisse.

« Tu m'en donneras, Simon ?

– Pour quoi faire ? »

Elle avait mis les deux mains sur la cuisse de Simon et essayait de se hisser – ou alors elle jouait simplement à sautiller sur place.

« Et toi, d'abord, qu'est-ce que tu vas en faire ? »

Simon la regarda. Visage rond, yeux qui pétillent, les cheveux n'importe comment. Une trace de confiture sur un bout de menton, une larme de poussière sur une portion de joue.

... On court dans les prés, et, pour donner une sorte de sens aux cabrioles, on tourne autour de ces fleurs roses, en forme de brosse à dents, qui sont une véritable aubaine pour les petits hannetons du début de l'été. Et on attrape des perlinquinquins, que l'on enferme dans une vieille boîte d'allumettes vide.

« Je ne sais pas », dit Simon gravement.

Il aurait bien aimé, tout à coup, que quelque chose se passe. Quelque chose de nouveau, de neuf, pour casser les dernières vibrations de chaleur coiffant comme une chape le bout de la journée.

Chapitre 2

Le talus, en bordure de chemin, se trouvait coupé net et tombait droit, comme une plaie de terre nue et d'ombre. Là finissait la piste de débardage, qui glissait tout au long du pré, depuis la forêt jusqu'au creux de la vallée : une saignée de terre labourée, toute trace de gazon depuis longtemps disparue, comme une longue blessure bourrelée, poussiéreuse en été, torrent de boue l'hiver. Sur cette piste rude, au lit fermé par deux tracés de schlittage*, volaient les grumes et billes de bois, les troncs de sapins non écorcés, que, là-haut, bûcherons et débardeurs lançaient à coups de croc d'acier, du champ de mort de la

* Transport de bois par schlitte, c'est-à-dire par une sorte de traîneau qui sert à descendre dans les vallées le bois abattu sur les hauteurs.

forêt blessée au chemin d'en bas – et là d'autres équipes les entassaient, les empilaient, parfois les écorçaient, avant de les charger sur les voitures à bœufs qui les emporteraient vers la halle et le quai de chargement de la gare. Il valait mieux alors, dans ces moments de glissades folles – que signalaient trois coups de trompe – s'éloigner de la piste et s'en tenir à distance prudente.

Plaquées contre le ravin d'ombre, les grumes à l'écorce éclatée attendaient, ainsi que des quartiers de bois ou des rais de sapin, rangés par stères et par cordes*. Le long tracé de débardage qui montait vers la ligne brumeuse de la forêt haute était pour l'heure sec et désert. Silencieux.

Brice, sur le chemin, marqua un petit temps d'arrêt. Son regard sans couleur suivit la trace labourée dans le pré tondu, puis fila au-delà. Il accrocha le petit sentier grimpant, vague sinuosité jaunâtre, jusqu'à cette barre de buissons, ce hallier clairsemé, trois ou quatre cents mètres plus haut, et qui cachait en partie la maison nichée à flanc de coteau. Le chapeau de forêt tombait très proche.

Brice marcha vers l'ombre et les billes de bois empilées. A chacun de ses pas, la poussière s'élevait en petit nuage mou, sur le talon de ses godillots fatigués.

Il se choisit une bille à l'écorce râpée et aux blessures anciennes sans résine collante. Et il s'assit.

* 1 stère = 1 m^3; 1 corde = 4 stères.

Ferma les yeux – comme pour mieux déguster cet instant de repos qui tombait, enfin, sur une journée complète de marche en forêt, de mers de ronces en corrues* dangereux, de landes planes de fougères en pentes brutes. Brice écouta la fatigue qui fondait, qui se changeait en mille picotements, en vagues douces, comme une eau calme dans laquelle il se serait plongé.

Plus tard, il rouvrit les paupières. Puis, l'un après l'autre, il retira les deux couvre-chefs qu'il portait sur sa tignasse grise – le chapeau de feutre déformé, la casquette de laine. Il les posa sur le tronc de bois, à côté de lui. Ensuite, il se débarrassa des deux musettes dont les bretelles lui barraient la poitrine en croix – il les posa également sur le tronc, la grise, puis la bleue.

Il ouvrit largement les pans de son manteau de gros drap. Déboutonna, sous le manteau, la veste de serge noire, puis le gilet de laine.

Il soupira, étendit ses jambes.

Qu'il vente, pleuve ou neige – ou que le soleil cogne comme il cognait ce jour – Brice Gallet se vêtait d'immuable façon, portant sur ses épaules le sous-vêtement de coton, la chemise, le gilet, le veston et enfin le manteau. La ceinture de flanelle ceignait dix fois sa taille mince, le pantalon de gros velours tire-bouchonnait sur ses mollets légèrement arqués, et ses chaussures de gros cuir étaient tantôt grises de poussière, tantôt souillées de boue. Et sur sa tête les deux coiffures – cas-

* Sentiers abrupts en forêt.

quette de laine, avec rabats sur les oreilles pour les matins de grand froid, et chapeau de feutre marron que mille années de pluie avaient transformé en objet sans forme.

Brice Gallet n'était point frileux – il transportait tout simplement sur lui tout son avoir, toute sa richesse. Les fuites dans le toit d'une maison n'étaient pas son problème, mais les accrocs dans le manteau, ou les coutures usées, oui.

Il ne possédait rien d'autre que ce qu'il portait sur son dos – et les trésors contenus dans ses musettes, la grise et la bleue.

Brice soupira encore. Il eut un geste de la main vers la musette bleue, et puis se ravisa. La main revint se poser sur le tronc, comme elle-même une écorce noueuse, veinée de bleu et de rudes tendons.

Brice portait une barbe longue, poussiéreuse, grise broussaille qu'une flamme pointue, et parfaitement blanche, brûlait sur le menton. Ses cheveux, de même sauvagerie, cascadaient au niveau des épaules kaki. Il avait la peau dure et tannée, vents et soleils pour amis de naissance – et des racines auraient pu jaillir entre deux épaisseurs de semelles, sous ses chaussures, sans que cela étonne.

Son regard coulait devant lui, lentement, paisiblement. Un regard de ciel pâle ou de fumées d'automne, que la ride aux paupières serrait bien fort, bien dur, pour éviter peut-être qu'un jour il ne s'en aille, au hasard, par mégarde, par oubli, par faim de rien, soif de tout. Un regard, invisible

Brice.

couleur d'ombre, qui traversa le chemin craquelé, glissa sur une langue de pré fou, pour traverser encore cet autre chemin franc qui suivant la vallée menait au – et hors du – village.

Brice regardait plus loin encore, par-delà les flamboyants tracés jumeaux de la voie ferrée, et plus loin que l'arête crêtée des lignes de sapins qui, en contrebas brutal de talus, longeaient le cours de la rivière. Plus loin que tout cela, il y avait le toit de l'usine, la haute cheminée de briques rousses.

Rien ne bougeait. Rien ne bruissait.

Là-bas, côté village, les sourds bruits cognés des billes de bois que l'on chargeait dans un wagon. C'était tout.

Il était assis là depuis une bonne demi-heure lorsque les deux silhouettes firent leur apparition, au sommet de la côte qui bordait le virage de la rivière. Elles se détachaient nettement sur le fond vert et déchiqueté du sommet des sapins.

Un homme et une femme.

Ils eurent un moment d'arrêt en mettant pied sur le grand chemin – peut-être parce qu'ils venaient d'apercevoir Brice, assis sur les billes. Puis ils se mirent en marche, dans sa direction.

Brice avait eu un sourire. Il les avait vus surgir au sommet de la côte, et il savait par cœur ce trajet qu'ils venaient de parcourir, sans se presser, de l'usine au chemin : le petit sentier qui gardait sur ses flancs caillouteux des traînées de foin sec oubliées, la passerelle enjambant la rivière, puis cette côte qui menait au chemin, à la grand-route, l'attrapant par le biais.

Brice ramassa ses musettes et glissa les bretelles à son épaule. Il remit sur sa tête la casquette de laine, puis le chapeau.

L'homme et la femme se trouvaient à six ou sept pas. Ils souriaient – et Brice se leva, pour faire, lui aussi, quelques pas dans leur direction.

« Eh bien, Brice ? jeta l'homme.

– Vous n'avez pas changé, Thomas, dit Brice.

– Si tu le dis, alors... »

Brice serra la main de Thomas Larmier, puis celle de sa femme.

« Vous semblez en bonne santé, vous aussi, m'ame Lydie. »

Lorsqu'elle souriait, tout un bouquet de rides naissait au coin des yeux bleus de Lydie.

« Ça va bien, Brice, dit la femme. Et vous-même ?

– Je vais bien, dit Brice. Les jambes se font lourdes, un peu plus lourdes chaque année, mais c'est ce qui fait la vie, pas vrai ? Je vais bien, merci.

– Cette chaleur tue », dit Thomas.

Il était grand et maigre, la chemise décolorée ouverte sur un torse cuit de soleil. Son visage était carré, la mâchoire un peu lourde. Une épaisse moustache lui couvrait la lèvre supérieure, les pointes dures, relevées. Dans l'ombre de la casquette couverte de coton et de duvets, le regard de Thomas était gai.

« Surtout dans l'usine, oui, dit Brice. C'est une chaleur qui vous change en eau.

– Vous nous revenez ? » demanda Lydie.

Brice croisa rapidement son regard. Il acquiesça, dit :

« Je pense que je vais rester quelques jours.

– On fait le chemin ensemble ? invita Thomas.

– Si vous voulez...

– Je ne demanderais pas, dit Thomas, si je ne voulais pas. »

Brice acquiesça encore, avec une grimace d'approbation. Il les suivit. Avec eux, il gravit le sentier qui menait à la maison, en orée de forêt. Et il savait qu'il mangerait à leur table, qu'il dormirait dans leur grange ou grenier, aussi longtemps qu'il le souhaiterait. C'était chaque fois la même chose...

Tilix venait à peine d'arriver, et déjà, impitoyable, Licette en avait fait le siège.

« Tilix, viens te promener, hein, Tilix ? »

Pendue à une de ses mains, qu'elle tirait, balançait, qu'elle explorait doigt après doigt, et puis tournant autour de lui, sans jamais lâcher cette main, au bout du bras qui tournait lui aussi, et donc obligeait Tilix à tourner...

« Tiliiiix, viens... On va faire un petit tour,

dis ? On va se promener, Tilix. Dis qu'on va faire un tour, Tilix... »

Et Tilix souriait, laissait faire, avec la patience, l'incroyable patience de ceux qui sont nés pour aimer les enfants et tout leur pardonner, les trouver tous beaux, tous gentils, tous, donc, aimables – avec aussi l'expérience de l'aîné qui a grandi dans d'autres pleurs que les siens, d'autres rires, et cette affreuse responsabilité du « plus grand », sachant à peine faire trois pas.

Tilix se laissait assiéger, avec un calme et une bonhomie qui stupéfiaient toujours Simon – et parfois même, Simon, lui, s'était senti gêné par les incroyables manœuvres d'approche de son petit bout de sœur. Tilix savait ne rien dire, ou prononcer juste ce qu'il fallait de mots, afin de n'avoir pas à regretter par la suite quelque parole étourdie qui l'eût engagé inconsciemment. Et puis il possédait cette ahurissante faculté de pouvoir tenir avec un tiers une conversation normale tout en ayant l'air de ne pas oublier l'enfant qui lui tirait le bras, montait sur ses pieds, s'accrochait à la poche de son pantalon.

Tilix était une sorte de phénomène.

« Attends un peu, bon sang ! » s'énerva Simon, fusillant sa sœur du regard.

Celle-ci pêcha derechef dans l'œil de Tilix le soutien attendu – ou, plutôt, traduisit pour de l'approbation le manque de lueur sévère. Elle lança :

« C'est pas à toi que je dis ! Hein, Tilix ?

– Attends, dit Tilix. On se promènera tout à l'heure...

– Na ! » triompha Licette, avec pour son frère une horrible grimace.

La parole de Tilix lui suffisait, visiblement. Elle lui lâcha la main, emportant la promesse, et s'en alla danser autour du chien, qui releva la tête avec un air malheureux.

« Elle nous embête toujours », grogna Simon. Il descendit de sa chaise, s'assit à terre dans les aiguilles de pin. Tilix s'assit à son côté. Il tira de sa poche un couteau et un morceau de bois, qu'il se mit à tailler.

« C'est quoi ? demanda Simon.

– Un bateau. Je fais ça pour passer le temps. Ce ne sera pas un bien beau bateau..., c'est juste pour passer le temps. »

Pendant quelques instants, Simon regarda son ami tailler le bois. Sans dire un mot.

Tilix coupait, dirigeait du pouce le dos de la lame, détachait du bois de longs copeaux pointus. Il se mit à siffloter entre ses dents.

Tilix n'était pas bien grand, pour son âge. Il avait une tête ronde, aux cheveux noirs rasés au-dessus des oreilles et sur la nuque, des yeux très sombres. Ses joues et son front étaient constellés de taches de rousseur.

Sa chemise bleue à rayures noires était celle d'un homme – certainement de son père – qui avait été retaillée pour lui. Le col était trop large, les manches sans poignet un peu trop vastes. Le pantalon, lui, avait été acheté tout exprès. Il avait perdu sa raideur et le brillant du coutil neuf, pour prendre la teinte passée et glorieuse de ces vête-

« Na ! » triompha Licette.

ments qui prouvent une longue habitude du travail – viendraient un jour, comme des galons supplémentaires, les pièces aux genoux et sur les cuisses; et ce pantalon-là serait de ceux que l'on voudrait garder jusqu'au bout de la vie, parce qu'il y fait bon, que la toile vous sied comme une seconde peau.

Simon, accroupi, se disait qu'un jour bienvenu le verrait, lui aussi, planté dans ce genre de pantalon « d'homme » – et non plus mal fringué de culottes mauvaises, aux jambes courtes frottant sur les genoux.

« On pourrait vraiment se promener, non? dit-il. Mais, si on s'en va, il faudra emmener Licette... »

L'œil de Tilix brilla, l'espace d'une seconde.

« Ce qu'on pourrait faire, dit-il, c'est faire un soir une balade du côté de la Grande Poudrière, non ? André Masson m'a dit qu'il y avait au fond un squelette de bête. »

Un délicieux frisson courut au long du dos de Simon.

« La Grande Poudrière ? »

Il voyait la gueule d'ombre percée dans la roche, en un endroit très broussailleux du flanc de la montagne, de l'autre côté de la vallée. On disait que les grottes avaient été creusées par les ouvriers qui travaillaient à la carrière de pierre, et qu'elles avaient servi à entasser la poudre des mines. C'était au temps où l'exploitation de la carrière commençait, avant donc qu'on s'aperçoive que la roche concassée ne valait pas grand-chose – et les poudrières, une à une, avaient été abandonnées. A présent, deux d'entre elles seulement étaient toujours en « service ». Les carriers n'étaient guère plus de trente ou quarante, et le petit train à vapeur qui faisait la navette entre le lieu d'extraction et les concasseurs faisait quatre ou cinq voyages par jour, pas davantage.

« Tu ne voudrais pas ? s'enquit Tilix.

– Si, bien sûr... Mais il faut faire attention. Papa dit que c'est plein de trous, dans cette Grande Poudrière. Des trous remplis d'eau.

– Ils disent tous ça, renvoya Tilix. Moi, j'y suis déjà allé. Avec une lampe... Bien sûr, c'est plein d'eau... Mais c'est des flaques, c'est tout.

– Tu es allé jusqu'au fond ?

– Non. C'est rudement long – et j'avais cogné ma lampe contre la paroi : la bougie s'est éteinte. Il a fallu que je retourne. »

Les yeux de Simon s'agrandissaient progressivement :

« Tu étais tout seul ?

– Bien sûr, dit Tilix. Il n'y a rien à craindre, c'est un trou dans la roche, c'est tout. Avec des flaques.

– André Masson, lui..., il est allé jusqu'au fond ?

– Oui. Il paraît qu'il y a une salle, à droite, dans le fond. Tout au fond. C'est dans cette salle-là qu'ils mettaient la poudre.

– Et... la bête ?

– Oh ! sourit Tilix, c'est un chien ou un renard.

Un squelette... Ce serait amusant d'aller là, faire un tour, non ?

– Oui », dit Simon, ravi, gagné par une terrible et belle excitation à laquelle se mélangeait, et c'était bien, un rien de crainte.

C'était Tilix. Il venait, il s'installait, avec l'air d'avoir la tête vide, il taillait un mauvais bateau pour « passer le temps »... Et juste comme on se demandait s'il avait l'intention de faire cela longtemps, juste comme on se mettait à craindre l'ennui, avec presque l'intention de se lever pour prendre pareillement un couteau et un morceau de bois, tailler pareillement un méchant bateau qui ne voguerait jamais..., juste à ce moment-là, Tilix lançait une idée. Un projet fantastique. Une de ces idées que vous n'auriez jamais trouvée vous-même après quatre jours entiers de réflexion. Quelque chose de tout à fait original, de totalement imprévu...

Visiter la Grande Poudrière, jusqu'au bout, jusqu'au fond, là où il y avait un squelette de bête.

Tilix était véritablement fantastique.

Ils se mirent à parler. Simon surtout. Ils mirent sur pied l'« expédition », prévoyant des lampes, des cordes (?) et des couteaux. Même une hache, « parce qu'on ne sait jamais ». Ce fut Tilix qui prononça cette phrase, ce « on ne sait jamais ». Il n'en dit pas davantage, et c'était délicieux de sous-entendus, car, même si la promenade ne comportait pas le moindre risque, le grand art consistait à laisser supposer le contraire, ouvrant grandes les portes à l'imagination.

« On peut y aller demain, lança Simon. Demain, c'est samedi, et l'après-midi tu ne travailles pas !

– Demain, d'accord... Mais pas trop tôt, quand même. J'aurai à fendre du bois, chez nous.

– On préparera tout ! On fera... »

Simon se tut brusquement. Papa et Man venaient d'apparaître au détour du hangar, le visage rougi par l'effort de la montée à travers prés. Et ils n'étaient pas seuls. Avec eux, cet homme à barbe grise, dans son grand manteau verdâtre..., cet homme qui souriait, qui agitait une main, qui...

Et Simon fut debout, comme un ressort détendu. Cria :

« Brice ! »

Brice, là... Celui qui s'en venait un jour, qui demeurait pour quelque temps magique, repartait en direction de rien, au hasard de ses pas. Pour revenir plus tard, chargé d'images et de souvenirs colorés... Brice, qui vendait des aiguilles et du fil, couchait dans les fossés quand nulle grange ne lui ouvrait ses draps de foin... Brice, qui était resté un an, une vraie et longue année, à la maison, pour travailler aux champs, pour faire tout ce que ne pouvait faire Papa – puisque Papa, lui, faisait la guerre.

Simon courut, le cœur fou dans la poitrine, oubliant dans la seconde l'expédition pour la Grande Poudrière, oubliant même Tilix. Simon courut au-devant de Brice, qui, à genoux, lui ouvrait les bras..., au-devant de Brice le grand-père, Brice le magicien, le voyageur, le venu d'ailleurs.

Papa et Man riaient.

Licette accourait, pour prendre sa part de folie.

Debout dans ses vêtements de travail trop grands, Tilix referma son couteau, l'empocha – avec le mauvais bout de bois qui ne serait jamais bateau. Et il essayait de sourire.

Chapitre 3

Bien entendu, Tilix connaissait Brice. Mais qui donc, au village, qui donc, même vivant dans les fermes oubliées des dessus de montagne, ne connaissait pas Brice ? Qui n'avait vu un jour surgir sur le chemin, ou bien déjà sur le seuil de la porte, la longue silhouette en manteau de gros drap, deux chapeaux sur la tête, musettes battant le flanc ?...

Brice Gallet venait, passait, s'arrêtait, repartait. Brice Gallet – et de ce nom les enfants avaient fait « Brise-galette », sans malice, par jeu – l'errant, le voyageur, le vendeur d'aiguilles et de fil de couleur. Pour un repas, Brice coupait du bois. Pour quelques nuits dans la chaleur des granges, il pouvait faner, rentrer le foin, butter les pommes de terre. Il rempaillait des chaises ou cerclait des tonneaux, savait tout aussi bien monter un mur de pierres et creuser des sabots, greffer un arbre fruitier, tresser des paniers, traire une vache comme personne, s'il le fallait, tuer le cochon gras et préparer le feu du fumoir... Brice, dans ses mains vides, portait mille merveilles.

Avare de paroles comme de gestes inutiles, il vivait comme on vit quand on sait tout du vent, des saisons à tiroirs emplis de lourds secrets. En compagnie des hommes, il était grand, parfois sévère, toujours discret, comme une ombre qui n'ose, se sachant de passage. Juste ce qu'il fallait de coups d'œil et de mots, pour ne rien transformer, rien déranger – ne laissant derrière lui que l'ouvrage de ses mains.

Avec les enfants..., alors, c'était un autre personnage. Il n'y avait rien à déranger, chez les enfants. Il sortait de ses poches des gestes pareils aux leurs, pour des jeux millénaires qu'il connaissait par cœur..., et les enfants, bien vite, lui ressemblaient très fort, et ils avaient sa barbe, comme il avait leurs yeux.

Tilix, comme tous, connaissait Brice Gallet. Comme Simon – et peut-être même un peu plus que Simon. En 1917, Tilix avait dix ans, Simon quatre, seulement. Et cette année-là – toute une longue année, une année comme les guerres savent en étirer dans le temps – Brice était resté à la ferme des Larmier. Il était là, et il avait fait le travail d'un absent. Cette année-là, la récolte de pommes de terre avait été plantée par lui, dans le champ labouré par lui, les bandes de lard et les jambons fumés par lui, le bois brûlé cassé par lui. Cette année-là, sur les cartes postales qu'elle envoyait au front, Man écrivait :

Ne te fais pas de soucis pour nous, mon cher Thomas. Les enfants voudraient que tu reviennes vite, et moi aussi. Simon fait de beaux dessins, Licette est une bonne petite fille. Tilix est souvent là, et c'est un bon gamin, qui s'occupe de Simon, joue avec lui. Brise-galette (comme l'appelle Simon) est ici, et il nous aide bien. Il ne veut pas que je le paie, pour son travail, comme tu m'avais dit – il dit qu'il est payé de voir jouer les enfants, et qu'il le sera plus encore quand cette guerre sera finie et que tu reviendras. C'est un brave homme, vraiment.

Thomas était revenu.

Le soir de l'armistice, un peu ivre peut-être, la larme au coin de l'œil, Brice était reparti...

Les hommes étaient restés dehors, tandis que Man et la grand-mère s'activaient à l'intérieur de la maison, choquant des casseroles. Les hommes, c'étaient Papa, Brice, Simon et Tilix.

Bien sûr, il y avait Licette, aussi, qui allait de genoux en genoux, chantonnant une chanson connue d'elle seule, et qui parfois lançait de brusques charges en direction du chien, pour le soûler de caresses et l'écraser d'amour. Ils étaient assis sous le bosquet, à quatre pas de l'endroit où se tenaient Simon et Tilix quelques instants auparavant. Papa parlait du travail à l'usine, avec des mots lourds qui coulaient doucement d'entre ses lèvres brunes. Brice écoutait, et il hochait la tête. Trois ou quatre fois, Tilix participa à la conversation – parce que Papa, pour appuyer l'une ou l'autre de ses affirmations, avait lancé : « Demandez à Tilix, tiens, il sait bien, maintenant qu'il travaille ! »

Simon ne disait rien. Il se contentait d'écouter, d'attendre, de guetter les mots qui sortaient parcimonieusement de la bouche de Brice. Il se contentait de regarder les mains de l'homme posées dans le gazon brûlé, de regarder son visage et sa barbe, et ses cheveux en longues boucles qui s'échappaient de sous la casquette de laine.

Il se souvenait de l'année passée, des trois jours précis pendant lesquels Brice était resté à la maison – le temps de faire la tournée dans les maisons du village. De ces trois soirs-là, et des histoires fabuleuses que racontait Brice, des histoires du temps où il voyageait de par le monde...

Brice était allé très loin, sur les chemins de pays incroyables. Il parlait de la Chine, de l'Afrique, mais surtout des Amériques. Les Amériques... Et il parlait, parlait doucement, chaque mot chargé de son poids de magie s'envolant dans la pénombre douce, complice, du grenier à foin. Il était assis et parlait, serrant contre lui cette musette bleue qu'il n'ouvrait jamais – c'était l'autre, la grise, qui contenait les cartons de boutons-pression et le fil, les aiguilles. « Qu'est-ce que tu as, dans la musette bleue ? » avait, un de ces soirs-là, interrogé Simon. Pour s'entendre répondre, sur le bout d'un clin d'œil à demi rongé par l'ombre : « Mes secrets. »

Il parlait des Amériques en serrant contre lui la musette aux secrets (qui contenait peut-être le moule à balles de Longue Carabine, ou des pointes de flèches d'Indiens Iroquois, ou quelque horrible scalp ?...), et jamais, vraiment jamais, Simon ne l'avait entendu parler des Amériques en présence de Papa, ni même avec Man, dans ce temps lointain où il était resté plus d'une année à la maison.

Simon attendait, écoutait, se souvenait.

Autour des « hommes », et par-dessus les cabrioles de Licette, le soir vint, se posa. Comme une pellicule fraîche, l'ombre s'était couchée. Dans la vallée, seul l'avers des monts aux pentes broussailleuses s'ensoleillait encore d'un reste de chaleur.

Papa parlait des foins, tôt dressés à bonne taille, lourds en épis de semences rondes; et puis coupés rapidement, cette année, et rentrés sans problème, sans que la plus petite traîtrise orageuse vienne tout gâcher.

« D'où je viens, c'est pareil, disait Brice. Beau temps, beau temps, et beau temps partout. C'est une bonne saison.

– C'est une bonne saison, oui. Il n'y a qu'à l'usine qu'on trouve ça trop chaud. Pas vrai, Tilix ? »

Tilix haussa les sourcils et avança la lèvre inférieure, pour une grimace d'approbation.

Simon se mit à genoux, pour calmer les fourmis qui dansaient sous la peau de ses jambes; il sourit à Tilix, au hasard, et reporta aussitôt son attention sur Brice.

« En ce moment, c'est le meilleur instant de la journée, dit Papa. Maintenant, jusqu'à la nuit et même un peu après..

– Et puis dans les premiers moments du jour, dit Brice. Avant le franc soleil.

– Oui. C'est vrai. »

(« Que le temps passe ! priait Simon. Que le temps passe, et que Brice redevienne *l'autre,* le coureur de pistes, le voyageur de Chine... Ils sont capables, là, d'écouter jusqu'au bout le soir qui descend, à dire qu'il fait chaud, ou qu'il ne fait pas chaud, ou qu'il pourrait faire plus chaud encore ! »)

« C'est toujours le chien, dit Brice, considérant d'un œil amusé l'animal excédé qui essayait de fuir les caresses de Licette.

– Tu ne sais plus son nom », lança Simon.

Il fut peut-être le premier surpris, par cette phrase jetée comme on lance une pierre, n'aurait su dire pourquoi les mots avaient jailli – parce que sans doute il était là, depuis une heure au moins, sans ouvrir la bouche, et les paroles de la conversation volant, planant, au-dessus de sa tête...

Les yeux de Brice sourirent, posés sur les rougeurs qui montaient aux pommettes de l'enfant. Il dit :

« Et tu crois ça ? »

Simon se mordit une lèvre, ravalant beaucoup de rire, un peu de gêne. Il acquiesça vigoureusement, par jeu.

« Il s'appelle Pyram, dit Brice. Et même, il doit avoir... cinq ans, maintenant. Il a l'âge de Licette, pas vrai ?

– C'est ça », dit Papa.

Il avait sorti de sa poche carnet de feuilles non gommées et paquet de tabac, se roulait posément une merveille de cigarette.

« Tu te rappelles tout, dit Simon.

– Je me rappelle mieux que toi, petiot. Et ça, tu te rappelles ? Tu n'arrives pas encore à le faire ? »

Il s'était pris de la main droite le pouce de la gauche, et, pliant le poignet, de l'ongle faisait toucher l'intérieur de l'avant-bras.

« Moi, je me rappelle », dit Tilix – qui tout aussitôt fit, et avec succès, la même démonstration.

Simon essaya, tirant la langue. Il se fit très mal aux articulations, mais désespérément l'ongle du pouce refusait de s'approcher à moins d'un centimètre de son bras.

« L'année dernière tu as bataillé trois jours durant pour y arriver, dit Brice, amusé. Tu vois, je me rappelle mieux que toi.

– Pourquoi Tilix y arrive ? » s'enquit Simon, un peu vexé.

La main de Brice, rapide, se posa sur sa tête, ébouriffant les cheveux flous.

« C'est une question de temps, petiot. Tu verras...

– Vous voulez une cigarette, Brice ? » proposa Papa.

Brice ne dit ni oui ni non, mais il prit les feuilles et le paquet de tabac. Son visage était redevenu grave, et il roula la cigarette avec des gestes lents, presque sacrés. Lorsqu'il eut terminé, il téta du feu à la flamme du briquet de Papa, aspira religieusement et rejeta par les narines un long, un épais nuage de fumée. Simon se dit soudainement qu'il n'avait peut-être pas fumé depuis très très longtemps.

« Ça éloigne les bouottes* », dit Papa au bout d'un moment.

Ils continuèrent de fumer sans un mot, les yeux plissés, le regard glissant sans but sur la vallée maintenant bleue de soir installé. Deux carrioles passèrent, loin, en bas, sur le chemin de pierres, et le trot ferré des chevaux d'attelage monta jusqu'à eux, puis s'amenuisa progressivement.

Lorsque Man apparut sur le seuil de la porte, les cigarettes des hommes étaient mégots brunâtres, éteints.

« Si vous voulez manger », dit Man.

Ils se levèrent. Tilix, brossant le fond de son pantalon, dit :

« Je vais m'en aller... »

Papa retira de ses lèvres le mégot qu'il effrita entre ses doigts. Il dit :

« Tu peux rester, et manger avec nous, si tu veux...

* Aoûtats, en patois : larves dont les piqûres provoquent de vives démangeaisons.

– Merci, m'sieur Thomas, dit Tilix. Mais on m'attend sûrement, à la maison. Il faut que je m'en aille.
– Eh bien, salut.
– Bonsoir, dit Tilix. Bonsoir, tout le monde.
– Salut ! » cria Simon.
Tilix tourna les talons et s'en fut. Au bout de quelques pas, il se mit à courir et disparut très vite, avalé par la pente du chemin.

Brice avait retrouvé l'odeur du charri*; il avait, d'un coup d'œil, reconnu la cuisine – un coup d'œil qui disait : « Voilà, je suis le même, et ici rien n'a changé. »
Il retira ses chapeaux, ses musettes et son manteau, suspendit le tout aux cornes de chevreuil scellées sur la porte.
« Venez, asseyons-nous », dit Papa.
Ils prirent place à table, l'un à côté de l'autre, sur le grand banc de bois. Simon s'installa en face, à côté de la grand-mère. Man posa le grand plat de pommes de terre grillées au centre de la table, puis le plateau de buis sur lequel trônaient deux fromages.
« J'ai fait une salade avec, dit Man. J'espère que ça ira. »
Papa, qui servait le vin dans les verres, dit :
« Par cette chaleur, on ne mange pas la moitié

* Entrée intérieure d'une ferme qui dessert à la fois l'étable et les pièces d'habitation.

de ce qu'on mange en temps normal. Allez, servez-vous, Brice.

– Allez-y, allez-y », dit Brice.

Il se servit le dernier. Entre deux bouchées, Simon le regardait couper ses pommes de terre en rondelles régulières et fumantes, avec ce couteau à manche de corne noire qu'il avait tiré de sa poche, et puis poser sur le cœur tendre de la rondelle un petit carré de fromage, et puis porter le tout à sa bouche, à la pointe du couteau dans le torrent de barbe, et puis mâcher lentement, tranquillement, les yeux posés sur la bouchée suivante qu'il préparait avec beaucoup de soin. C'était, pour l'enfant, très agréable à regarder – sans qu'il sût vraiment pourquoi... Papa n'avait-il pas les mêmes gestes ? Simon se disait que plus tard il aurait lui aussi un couteau à manche de corne noire, qu'il sortirait pareillement de sa poche, pour couper les pommes de terre dorées et craquantes...

Le repas se déroula dans un silence presque parfait. Fatiguée par une journée débordante de cabrioles, Licette s'endormait en bout de table. Man dut l'emporter dans ses bras, somnolente. La grand-mère débarrassa, versa dans la cuvette émaillée, sur l'évier, l'eau bourdonnante de la bouilloire, et se mit à faire la vaisselle.

A table, Papa et Brice se roulaient des cigarettes, qu'ils fumèrent à petits coups, en achevant ce qui restait de vin dans leurs verres. Ils parlèrent du village, et Papa racontait ce qu'avaient fait certaines personnes, depuis le dernier passage de

Ils prirent place à table.

Brice. Il disait les morts, les mariages et les naissances, ou bien ceux qui étaient partis, ainsi que les nouveaux venus. Il y avait beaucoup de familles italiennes qui arrivaient et s'installaient, depuis la fin de la guerre. Ils travaillaient dans les tissages, ou les exploitations forestières, ou bien encore à la carrière. C'étaient de braves gens, pour la plupart.

Brice écoutait, parfois hochait la tête pour approuver telle ou telle chose. Il parlait de temps à autre des villages de Haute-Saône qu'il avait traversés avant de franchir la montagne. Et alors, aux oreilles de Simon, la Haute-Saône prenait des airs de pays lointain, mystérieux et terrible...

Il fallait entendre Brice parler de fermes isolées parmi les boqueteaux, sur les landes de fougères rousses que le vent au galop se plaît à retrousser..., des couples de vieillards, comme d'indéracinables gardiens, à demi morts, demi vivants, dans les villages de pierres jaunes aux trois quarts abandonnés...

De toutes ses oreilles, Simon écoutait, faisant de quelques miettes des boulettes de pain mou, qu'il rangeait, une à une, sur une ligne, devant lui.

Lui-même, comme Licette, dut somnoler un moment. La voix de Papa le tira en sursaut des brumes mouvantes qui stagnaient sur un pays pelé, couvert de ruines et de vieillards en habits noirs qui se tenaient à l'affût de la moindre proie, dans les lacs de fougères...

« Simon, tu dors ? répéta Papa.

– Non », se défendit Simon, clignant des yeux dans la clarté dansante de la lampe à pétrole.

Des boulettes de pain s'étaient collées à son poignet, incrustées dans sa peau.

« On se couche », dit Man.

Et Papa ajouta :

« Accompagne Brice par-dehors, sur le grenier. Il fait nuit maintenant. »

La fraîcheur de la nuit réveilla Simon tout à fait. C'était une nuit claire, avec une grosse lune dorée qui rendait parfaitement inutile la lampe tempête allumée que tenait Simon.

Brice et l'enfant marchèrent sans un mot jusqu'à l'arrière de la maison, s'arrêtant devant l'échelle extérieure qui menait aux portes grandes ouvertes du grenier à foin. Brice avait reposé ses chapeaux sur sa tête, mais il tenait sur son bras gauche manteau et musettes.

« Tu resteras longtemps ? » demanda Simon, le nez levé vers la haute stature de Brice.

Brice ne répondit pas. Peut-être n'avait-il pas entendu... Son regard plissé courait sur les pentes engoncées de nuit.

« Renifle-moi cette odeur », dit-il au bout d'un instant.

Il se pencha vers Simon :

« Une odeur de champignons... Les bougres en ont assez du soleil, et la nuit ils se mettent à danser... »

Simon eut un petit rire amusé et ravi. Il posa la lampe au sol, fouilla la poche de sa culotte.

« Regarde ce que j'ai », dit-il.

Il présenta la boîte d'allumettes, et le sourcil gauche de Brice pesa avec sévérité sur son œil.

« Non, dit Simon. C'est pas des allumettes... C'est une boîte vide... et dedans j'ai plein de perlinquinquins.

– Des perlinquinquins ? »

Brice prit la boîte, l'ouvrit et jeta un coup d'œil.

« Ils vont filer ! » s'alarma Simon, dressé sur la pointe des pieds.

Brice referma la boîte. La redonna à Simon. Il dit :

« Ils ne veulent pas s'en aller, la nuit... Qu'est-ce que tu veux en faire ?

– Je ne sais pas, dit Simon.

– On va les relâcher demain, d'accord ? proposa Brice. Et puis... Et puis on ira aux champignons, tu veux ? J'ai le temps de vendre mes boutons et mes aiguilles. Le samedi, le dimanche, ce n'est pas ce qu'il y a de mieux comme journées, pour le commerce... On ira aux champignons, d'accord ?

– D'accord ! souffla Simon, les yeux emplis de brillants.

– Alors, c'est bien », dit Brice.

Sans un mot de plus, il gravit l'échelle aux larges barreaux de planches, prit pied sur le grenier. Là-haut, il se retourna et fit un petit geste de la main. Puis il s'enfonça dans l'ombre et les froissements de foin.

Simon serrait contre lui, dans sa main, la boîte de perlinquinquins. Il souriait tout seul dans la nuit de verre.

Chapitre 4

Brice n'avait qu'un chapeau – cette cloche de feutre sans forme ni couleur. Il avait laissé dans le foin du grenier la casquette de laine, ainsi que le manteau et ses musettes, sa veste de drap noir.

Il avait choisi une souche à surface plane, noirâtre, pour poser le panier, et s'était allongé sur la mousse spongieuse, dans l'ombre grêle que tamisaient les hauts feuillages. Simon, trempé de sueur, s'était allongé lui aussi. Le chemin forestier se déroulait à quatre pas de là et plongeait droit parmi les fûts des hêtres et sapins.

La forêt se taisait. De temps à autre, un craquement discret, quelque part – Dieu sait où – le passage glissé d'un bout de vent dans les feuilles..., le vol d'un insecte dans les filets perlés du soleil en cascade.

Ils s'étaient installés dans ce silence et cette lourde paix qui descendait au long des troncs, comme un joueur fourbu glisse au mât de cocagne. Ils avaient bu, à la bouteille, l'eau tiède teintée de vin, mangé des tartines de pâté, des pommes.

Dans le panier de Simon il y avait la cueillette du matin. Bises grises et bises brunes, quelques pieds-de-mouton, des cèpes de bouleaux. C'était trop de soleil pour les chanterelles d'or, les trompettes-des-morts ou même les bolets. Trop tôt pour les souchettes.

Simon, qui avait attendu cet instant depuis l'aube – et même depuis la veille – s'assit dans la mousse. Il tira de sa chemise la boîte d'allumettes dans laquelle, contre sa peau, les perlinquinquins prisonniers avaient « grabotté » tout le matin.

L'œil à demi fermé de Brice avait suivi le geste – et l'homme, lui aussi, se redressa sur les coudes.

Sans un mot, Simon posa la boîte devant lui. L'ouvrit.

Sur le matelas de fleurs fanées, les petits hannetons grouillaient. Trois ou quatre d'entre eux grimpèrent sur le rebord de la boîte, hésitèrent – comme si, vraiment, ils n'y croyaient pas – puis s'envolèrent. L'instant suivant, c'était, par grappes, un véritable nuage de perlinquinquins qui s'échappait de la prison ouverte. Plusieurs petites bestioles, au terme d'un premier vol hésitant, vinrent se poser sur les bras de Brice, dans ses cheveux, sur le panier de champignons.

« Allons, allons, joua Brice sur un ton guilleret. Ne vous occupez pas de moi. »

Il repoussa l'une après l'autre les petites bêtes, du bout du doigt, jusqu'à ce qu'elles s'envolent pour de bon. Quelques minutes plus tard, la totalité des perlinquinquins avait disparu..., sauf les trois derniers, qui étaient morts dans le fond de la boîte.

Simon les jeta dans les fougères. Brice eut un hochement de tête qui semblait réellement désolé. Il dit :

« Tu vois, petiot, ce n'est bon pour personne, d'être mis dans une boîte... Pas plus pour un homme que pour une petite bestiole de rien.

– J'avais fait des trous dans le couvercle, dit Simon. Pour qu'ils aient de l'air. »

Brice eut un haussement de sourcils.

« L'air, c'est beau, mais ça ne suffit pas... Dans les prisons aussi, il y a des fenêtres, et de l'air. Il y a de l'air qui passe, entre tous les barreaux possibles... Mais ça ne suffit pas... »

Devant l'air contrit de Simon, il continua :

« Allez, ne te désole pas... Tous les enfants font cela. Tout le monde, à un moment donné de sa vie, a attrapé des perlinquinquins, sans trop savoir pourquoi, ni à quoi cela pouvait bien servir... C'est un jour, plus tard, qu'on se rend compte que l'air ne suffit pas au bonheur. »

Simon avait arraché des brins d'herbe, et il tentait de les nouer ensemble. Il demanda, clignant des yeux dans cette tache de soleil qui se promenait sur son nez :

« Tu as déjà été en prison, Brice ? »

Brice, c'était visible, se retint d'éclater de rire. Il dit :

« Bien entendu, l'ami.

– Pourquoi, Brice ? Tu avais fait quelque chose de mal ? »

Cette fois, l'homme sourit vraiment. Il se passa une main dans les cheveux, en retira trois aiguilles de pin qu'il jeta.

« Ce n'est pas nécessaire de faire quelque chose de mal pour aller en prison, petiot. Pas nécessaire du tout... Il suffit de n'avoir pas de maison et de se balader à la va comme je te pousse... Il suffit d'arriver un jour dans un village, à l'instant même où un fermier s'est fait voler trois poules. Dans ces cas-là, c'est toujours vers vous que les gendarmes mettent le cap... »

Il eut un geste vague de la main, chercha d'autres possibles aiguilles de pin dans ses cheveux.

« C'est rarement drôle, la prison... Sauf quelquefois, en hiver, dans les villes. Mais les villes ne sont que des prisons, de toute façon. Il y a longtemps que je ne m'intéresse plus aux villes.

– Tu as été en prison ici, en France ? ou bien en Amérique ? »

L'œil de Brice s'alluma. Il renversa la tête, regardant le ciel au travers des feuillages.

« En France, en Amérique, en Chine et au Japon ! S'il y avait des prisons au Groenland, j'y serais allé... Toutes les prisons se valent, petiot, que leurs gardiens aient la peau blanche, jaune, ou rouge, ou verte, violette... »

Il regarda de nouveau Simon, satisfait, et ses yeux riaient comme jamais.

Simon rit, lui aussi, parce que c'était un moment gai et agréable – et non parce qu'il trouvait spécialement drôles les propos de Brice.

Il tira sur les brins d'herbe : le nœud s'enroula, puis cassa. Simon planta ses doigts dans la mousse et fit des galeries.

« Tu n'as pas fait la guerre, toi, n'est-ce pas ? » demanda-t-il.

Le silence, au bout de la question, l'empêcha de lever les yeux. Après un instant, Brice demanda :

« Pourquoi t'intéresser à cela ?

– Pour rien, dit Simon. Quand c'était la guerre, tu étais chez nous. Papa est parti faire la guerre, et tous les autres aussi, parce que les Boches voulaient nous prendre notre pays.

– Qui t'a dit cela ? »

Simon leva les yeux. Le regard de Brice avait perdu de sa gaieté.

« Tout le monde, dit Simon. Et à l'école... Papa dit que tu es trop vieux, et que c'est pour ça que tu n'as pas été à la guerre. »

Brice haussa doucement une épaule.

« Je n'étais peut-être pas vraiment trop vieux, dit-il. Je vais te dire un secret : cette guerre ne m'intéressait pas.

– Pourquoi ?

– Pourquoi, pourquoi... Je n'ai pas trouvé que c'était quelque chose d'intéressant, voilà tout.

– Papa la trouvait intéressante, lui ? »

Un moment, l'homme soutint le regard de

En France,
en Amérique,
en Chine
et au Japon.

l'enfant. Un regard qui interrogeait, naïvement.

Puis, dans un sourire rapide :

« Je ne crois pas, petiot. Je ne crois pas que ton papa ait trouvé cette guerre intéressante. Et pas mal comme lui... Ils y sont allés parce qu'ils obéissaient aux ordres, et qu'ils croyaient que c'était leur devoir.

– Ce n'était pas leur devoir ? »

Brice ouvrit la bouche, puis la referma. Il se gratta la tête et regarda autour de lui – chaque fois qu'il lançait une œillade en direction de Simon, il rencontrait son visage tendu, ses yeux sombres, qui attendaient.

« Si, dit finalement Brice dans un souffle. Si, c'est vrai, c'était leur devoir. Ils avaient un pays à défendre, des maisons, des femmes et des enfants... Il fallait bien qu'ils fassent la guerre, c'est sûr. »

Simon eut une sorte de soupir – comme s'il était soulagé d'un grand poids.

« Mais toi, Brice, ce n'était pas ton devoir ?

– Moi, dit Brice, je n'avais pas de pays à défendre, ni de maison, ni rien... Ou plutôt j'avais une foule de pays, et des maisons partout, de ce côté-ci, de l'autre... Moi, je ne... »

Il se tut. Laissa un moment encore ses yeux dans ceux de Simon, puis son visage changea brutalement. Il était de nouveau rieur.

« Tu comprendras plus tard, dit-il. Peut-être... Ça aussi, c'est un secret, c'est mon secret... et tout le monde n'est pas capable de comprendre. J'espère que toi, tu y arriveras. »

Il s'était levé, donnait de grandes claques sur le fond de son pantalon pour le débarrasser des brindilles de mousse.

Simon se leva lui aussi et fit exactement les mêmes gestes.

« Est-ce que Papa a compris, lui ?

– Compris quoi ?

– Eh ben..., ton secret. »

Brice se pencha, prit son chapeau et le posa sur sa crinière.

« Je pense que oui. Je suis même sûr que oui.

– Et Man ?

– Elle aussi, je crois.

– Et la grand-mère ?

– Ça, dit Brice, je ne sais pas...

– Et... (Simon chercha mentalement, pendant quelques secondes.) Et Tilix ?

– Tilix n'en sait rien. Tilix sait joindre son pouce sur le poignet, mais ça n'en fait pas un assez grand bonhomme pour autant. »

Simon se sentit rassuré. Et moins seul. Si Tilix n'était pas encore suffisamment âgé pour comprendre le secret de Brice, alors, cela lui laissait à lui, Simon, une certaine marge de sécurité...

« On continue ? dit Simon.

– Bien entendu. Il y a cet autre panier à remplir... On va suivre le chemin, là. D'accord ?

– Il mène à une maison, là-bas, dit Simon. La maison de Mme Botteron.

– Je sais, dit Brice très vite. Mais on n'a pas besoin de suivre le chemin jusqu'au bout. On va chercher sur les bords, et puis on s'enfoncera dans les bois. Ça va ?

– Oui », dit Simon.

Il dévala le talus et sauta sur le bord du chemin. Lorsque Brice l'eut rejoint, portant les paniers, l'enfant demanda :

« Tu me racontes des histoires, dis ? Des histoires de quand tu étais en Amérique, avec les Indiens, et tout ça ?

– D'accord, dit Brice. Mais tu les connais toutes, je crois... »

Simon prit le panier vide des mains de l'homme.

« Ça ne fait rien. J'aime bien, quand même, quand tu racontes. C'est jamais vraiment pareil. »

Licette vint en courant se planter devant Tilix. Elle le regarda. Elle regarda la corde qu'il portait enroulée sur son épaule, la lampe et la hachette qu'il tenait dans ses mains.

« Tu viens jouer avec Simon ? » demanda-t-elle.

Tilix acquiesça, d'un balancement de tête.

« Il n'est pas là, dit Licette. Pourquoi tu as une corde ? »

Tilix ne répondit pas immédiatement. Il regarda la maison et la cour vide. Une silhouette vague passa dans l'ombre de la porte cochère.

« Il n'est pas là ? dit Tilix.

– M'man ! cria Licette. Tilix est là ! »

Man sortit sur le pas de la porte, et elle porta sa

Tilix.

main au-dessus de ses yeux pour se protéger du soleil.

« C'est Tilix, répéta Licette.

– Je vois », dit Man.

Elle s'approcha.

« Bonjour, m'ame, dit Tilix. Je venais voir si Simon...

– Mon Dieu ! dit Man. Où t'en vas-tu, harnaché de la sorte ? »

Tilix sourit, regarda ses mains, puis le sol, puis Licette qui avait réussi à mettre la patte sur la petite molette de la lampe et qui tournait dans tous les sens.

« Licette ! dit Man.

– C'est rien, dit Tilix. Hier, avec Simon, on avait pensé..., on avait projeté d'aller faire un tour, une promenade... Vers la Grande Poudrière. C'est ce qu'on avait dit.

– Ha ! dit Man. Mon pauvre garçon, Simon n'est pas là. Il est aux champignons avec Brice.

– Ils sont partis ce matin, précisa Licette. Et je dormais encore !

– Ha ! dit Tilix. Ça ne fait rien, alors...

– Ils reviendront dans l'après-midi, je pense... Ils sont partis du côté du Hangy, je pense...

– Ça ne fait rien, répéta Tilix.

– La Grande Poudrière..., dit Man après un moment de réflexion. Ce n'est pas dangereux ?

– Oh ! non, dit Tilix. J'y suis déjà allé. Ça ne fait rien...

– Tout de même, dit Man, il aurait pu se souvenir...

– Quand *Brise* est là, renchérit Licette, Simon ne joue plus avec personne... »

Tilix eut encore un sourire qu'il voulait crâne.

« Ce n'est pas grave, dit-il. Au revoir, m'ame. Ce sera pour une autre fois.

– Je lui dirai, dit Man. Je lui dirai que tu es venu, et qu'il aurait pu se souvenir.

– Au revoir », dit Tilix.

Il s'en alla. D'un pas vif. Il s'en alla avec sa corde, sa lampe et sa hachette.

« Il est triste, Tilix, M'man ? s'enquit Licette, pleine d'une soudaine compassion.

– Mais non, dit doucement Man. Allons, va jouer. File. »

Elle eut encore un hochement de tête en regardant le bout du chemin, là où Tilix avait disparu. Et puis elle retourna vers la maison.

Brice s'était tu, et depuis quelques instants il se contentait de grimper, courbé en deux, parmi les petits sapins. Ils avaient quitté le chemin quelques minutes plus tôt. Poussant devant lui son panier aux trois quarts rempli, Simon attendit encore trois ou quatre secondes, puis il demanda :

« Et alors ?

– Alors ?

– L'ours, dit Simon. Qu'est-ce qui s'est passé ? »

Brice avança encore, parcourant cinq ou six mètres, puis il se laissa tomber sur le tapis d'aiguilles sèches. Il essuya d'un revers de main la sueur qui coulait sur son front.

« L'ours, oui... », dit-il.

Simon vint s'asseoir à côté de lui.

De cet endroit, le regard qui plongeait au travers des petits épicéas atteignait une sorte de clairière, en bout de ce chemin de terre creux qu'ils avaient suivi pendant plus d'une heure. Dans cette clairière se dressait la maison de Mme Botteron. On en distinguait un morceau de façade blême.

« L'ours..., oui, dit Brice – et il quitta la maison des yeux pour reporter son attention sur Simon... Eh bien, c'est vrai, c'était un ours, au fond de cette sacrée caverne. Wampa et Minno se tenaient sur leurs gardes, et ils avaient bandé leurs arcs, chacun une flèche prête. Le père Anselme fut d'avis d'attendre la sortie de la bête, mais c'était une trop grosse perte de temps, comprends-tu ? Je regardai Minno, et lui demandai qui de nous deux allait relancer l'ours. Sans hésiter, il balança la tête. Il posa son arc et ses flèches au sol, tira de sa ceinture la hache d'acier qui ne le quittait pas. Et il marcha vers la caverne... »

Bouche ronde, les yeux écarquillés, Simon ne respirait plus qu'une fois sur deux...

Brice eut encore un coup d'œil rapide vers la maison dans les bois, puis il continua :

« Il s'avança vers la caverne, mais recula presque aussitôt. Un ours à grands poils fauves fit son apparition, gronda, puis s'enfonça de nouveau dans son repaire. Minno, la hache levée, fit une nouvelle tentative, et ce fut le même manège : il recula lorsque l'ours sortit. Cette fois, la bête fit quelques pas dans notre direction, mais, voyant le passage gardé, elle grogna en agitant ses bras – et elle avait des griffes longues comme ça, petiot !

– Alors ? souffla Simon.

– Alors, dit Brice, j'ai levé mon fusil et j'ai tiré. C'était quasiment la première fois que je tirais sur une bête de cette taille. Et il le fallait bien.

– Tu l'as eue ?

– Net, en plein cœur », dit Brice.

Il se tut. Simon n'ajouta pas un mot, et pendant de longs instants les paroles de Brice lui flottèrent dans le crâne. Il « voyait » la petite équipe de prospecteurs avancer en pleine forêt (une forêt comme celle-ci ?), guidée par les deux Indiens amis. Wampa et Minno... Le père Anselme et le Canadien... Et puis cet ours immense...

La voix de Brice le tira brusquement de ses pensées :

« Elle est toujours là, n'est-ce pas ?

– Qui ? »

Brice eut un mouvement de menton pour indiquer la maison.

« Mme Botteron.

– Oui, bien sûr, dit Simon, je ne sais pas. Je pense... Pourquoi ?

– Pour rien, dit Brice. Comme ça, pour savoir... »

Chapitre 5

Le dimanche tombait, au bout de la semaine, comme une corvée de repos, de sagesse, de propreté et de calme. Dimanche, jour du Seigneur et des chaussettes blanches, des bottillons vernis qui serrent au cou-de-pied, jour du Seigneur en costume marin qui étrangle aux « entournures »... Dimanche, et le repos, qui normalement devrait se moquer de tout, se déguise au contraire, « s'encarnavale » de bonnes manières.

Il y avait les rites du dimanche, les habits du dimanche, la vaisselle du dimanche, dans laquelle on mangeait le menu du dimanche; il y avait la messe du dimanche, l'après-midi du dimanche, long, long – quand il ne s'allongeait pas encore par les vêpres du dimanche – les visites du dimanche...

Le jour du Seigneur n'est généralement pas celui des enfants.

Et ce dimanche-là devait être pour Simon d'assez triste mémoire.

Il se leva très tard, réveillé par Licette, alors que le soleil baignait déjà toute la chambre. La nuit avait coulé sans faille dans un sommeil profond qui le laissait un peu ébahi. Il y avait eu cette merveilleuse journée du samedi passée dans les bois avec Brice. Ils étaient revenus en fin d'après-midi, Simon harassé. Il avait fallu alors nettoyer les champignons, et puis les manger. Et puis ils étaient sortis pour s'asseoir sur le banc, devant la maison. Brice et Papa fumaient en devisant de temps à autre. Man était venue les rejoindre, après avoir couché Licette. Simon, lui, luttait obstinément contre le sommeil, en attendant que quelque chose d'intéressant se raconte... Finalement, ils étaient allés se coucher bien après la nuit noire.

Simon sauta en bas de son lit et enfila ses vêtements. Il pénétra dans la cuisine et comprit que c'était dimanche.

« 'jour, dit Simon dans une moue.

– Eh bien, eh bien, dit Man. Regardez notre homme des bois qui ne sait plus se réveiller !

– Où est Brice ? demanda Simon après avoir planté un baiser mou sur la joue tendue de Man.

– Brice est levé depuis longtemps. Il n'est pas en retard, lui. Il est dehors et nous attend.

– Nous attend ? dit Simon. Brice va à la messe ? »

Man sourit en remplissant le bol de café au lait.

« Ce serait, j'imagine, une sorte de miracle... Il descend, avec nous, au village. Mange vite, maintenant.

– 'jour, Papa », dit Simon.

Debout devant l'évier, Thomas Larmier enleva d'un trait de lame précis ce qui restait de savon à barbe sur sa joue.

« 'jour Simon », dit-il.

Simon se fit trois tartines, qu'il mangea rapidement. La grand-mère était prête, dans sa longue robe noire. Elle avait posé sur ses cheveux de neige un petit chapeau de paille, noir lui aussi, assorti d'un morceau de voilette. Elle attendait, sur sa chaise près de la porte, les mains croisées sur son missel centenaire.

Il fallut encore tresser les cheveux de Licette et nouer ses rubans; elle ressemblait, dans sa robe empesée, à quelque anonyme petite fille sage de carte postale. Et puis Simon dut se laver, s'habiller, se coiffer... Simon dut se parer, de pied en cap, pour le carnaval-dimanche.

« Eh bien, dis donc ! » s'exclama Brice, dehors, lorsqu'il l'aperçut ainsi fagoté.

Il était, lui, superbe, dans son long manteau sans couleur, sous la double couronne sauvage de ses couvre-chefs. Dimanche ou pas, pareillement libre de ses gestes et de ses agissements.

« Ne rigole pas », souffla Simon.

Brice parut surpris, sincèrement étonné.

« Qui donc rigole, ici, et de quoi ? » dit-il.

Simon, d'un coup de poing, enfonça le chapeau qui lui marquait déjà le front. Il ne répondit pas.

« Vous venez donc à la messe, Brice ? » plaisanta Man tout en se mettant en chemin.

La grand-mère trottait à dix ou douze mètres en avant, de peur, sans doute, que quelques minutes de retard à l'office ne lui soient comptées en années supplémentaires de purgatoire.

Brice sourit, joua le jeu de Man et acquiesça :

« Mais oui, mais oui. Je m'en vais à mon office à moi.

– On y boit beaucoup trop, Brice, méfiez-vous !

– Christi, dit Papa, j'irais bien, moi aussi... »

Il eut un clin d'œil malicieux pour Brice et Simon.

« Bien sûr ! dit Man. Mécréants que vous êtes ! »

Elle n'était pas vraiment fâchée, et se forçait à hausser le ton.

« Que voulez-vous, dit Brice, dans cette église-là, on ne regarde pas l'habit.

– Voulez-vous bien ne pas parler comme ça, Brice ! » dit Man.

Mais Brice continua, poussant le jeu très loin, encouragé par le sourire de Papa, qui de temps en temps, sans avoir l'air d'y toucher, aiguillonnait d'un mot choisi le ton de la conversation. Le jeu dura tout au long du chemin, et jusque devant l'église.

La place était déserte. Quelques carrioles et landaus attendaient, chevaux piaffant, sous la garde d'un vieil homme somnolent.

« Eh bien, au revoir, dit Brice.

– On vous revoit pour l'à-midi ? demanda Papa.

– Je ne peux pas dire. Ne m'attendez pas. »

Man bougonna, sur un ton faussement grognon :

« Vous avez des sous pour la quête, au moins ?

– Ne vous inquiétez pas », sourit Brice.

Il marcha vers le Café Maurice, de l'autre côté de la place.

« L'heureux homme ! soupira Papa.

– Vous n'êtes qu'un mécréant, vous aussi, monsieur Larmier », dit Man.

Elle le suivit, relevant le bas de sa robe pour gravir les marches du perron de l'église. Simon se traînait, bon dernier, avec de longs coups d'œil d'envie en direction de la silhouette grise de Brice, qui pénétrait dans le café. Il se laissa piéger, lui, par la haute fraîcheur de l'église...

La messe dura une véritable éternité.

Simon faisait grincer le banc chaque fois qu'il se levait, s'asseyait ou se mettait à genoux. Il fut pris d'une crise d'éternuements en plein milieu de l'élévation, et laissa tomber la pièce de deux sous prévue pour la quête. Quelques minutes avant la fin, il repéra à trois bancs devant lui un camarade d'école – Roger Lange – et ils se firent des grimaces.

Et puis le prêtre quitta l'autel, précédé de deux enfants de chœur congestionnés, en sueur dans leurs aubes et surplis. Les fidèles se dressèrent, emplirent les allées et se transformèrent en un flot grouillant qui s'écoula vers la sortie. Simon fit grincer le banc une dernière fois...

Le soleil du dehors clouait au sol des ombres minuscules.

Les gens se groupaient, bavardaient et riaient. Des enfants couraient dans la poussière, imprudents et oubliant pour quelques secondes « les beaux habits qu'il ne fallait pas salir ». Simon n'avait même pas envie de les imiter. Licette se trouvait quelque part, en compagnie de la grand-mère.

Simon chercha Tilix des yeux ; cela lui arrivait d'être là, sur la place, après la messe, conversant avec des copains... Mais il ne le vit point. Il se souvint de ce que lui avait dit Man, la veille au soir, à propos de Tilix qui était venu, avec une corde et des tas d'autres choses. Tilix était peut-être fâché, ou triste. Peut-être ne viendrait-il plus jamais ?

Simon se sentit brutalement très abattu.

Il fut tiré de cette noirceur par la voix de Papa qui disait :

« Est-ce que tu viens, Simon ?

– Où ? »

Simon s'aperçut que M. et Mme Philippe étaient toujours là, et qu'ils parlaient toujours avec Papa et Man.

« On va boire un verre avec Charles, dit Papa.

Pendant que ces dames font la causette. Tu viens, ou tu restes ?

– Je viens », dit Simon.

Il mit ses pas dans ceux de Charles Philippe et Papa, et tous trois traversèrent la place.

La salle du Café Maurice était basse, mais vaste. Sa grande surface n'empêchait point qu'elle fût bondée. Les sorties de messes et retours de fosse en tout genre connaissaient immanquablement un certain succès. Le bruit roulait de table en table, rires et coups de gueule en vrac, par-dessus les cols blancs dégrafés, les cravates desserrées, dans les reflets du vin doré, les senteurs de tabac et les fumées mouvantes.

Ils s'enfoncèrent dans les odeurs et le bruit, s'arrêtant trois secondes à cette table pour saluer Pierre, trois secondes à cette autre table pour répondre à la plaisanterie de Paul...

Charles Philippe, énorme et la voix tonnante, distribuait des saluts comme il aurait jeté de l'or.

Ils trouvèrent finalement une table à laquelle il y avait de la place. Les frères Hangly, qui l'occupaient, se poussèrent un peu, tirant leurs verres devant eux.

Ils burent des canons de vin rouge, Simon de la limonade teintée de sirop de menthe. C'était frais et piquant, délicieux. Les hommes se mirent à parler du travail à l'usine, et de toutes sortes de choses qui n'étaient guère intéressantes. De nouveau, Simon se sentit plutôt triste, abandonné. Il se tordait le cou dans toutes les directions, pour essayer de repérer Brice, mais sans succès. Le

La salle du Café Maurice était bondée.

bruit enflait dans ses oreilles, l'enivrait. Pour essayer d'échapper à ce vacarme, il joua à « quand je serai grand »... Mais il abandonna après quelques instants.

Quand il serait grand... Il aurait lui aussi un costume de drap et une chemise à col raide... Oui ? Et il serait marié, et il aurait des enfants... Oui ? Et il travaillerait à l'usine, lui aussi, ou bien à la carrière, ou bien dans une scierie... Et il irait à la messe du dimanche, oui ? A la sortie il se trouverait une table dans le Café Maurice, une table avec les amis, pour parler du travail, encore...

« Quand je serai grand, je serai voyageur. Je m'en irai, peut-être en Amérique, et là-bas j'aurai des amis indiens, tatoués et emplumés, et ils chasseront avec moi... Et alors..., et alors... Quand je serai grand... »

« Allez, dit Papa. Finis ta limonade, Simon. On s'en va. »

Il but ce qui restait de limonade verte, un peu trop vite, et faillit s'étrangler.

« C'est ton gamin ? » dit Charles Philippe en se levant.

Il ne demandait pas, mais annonçait tout simplement une évidence.

« Oui, dit Papa. C'est le coureur des bois. »

Il expliqua :

« Brice Gallet est chez nous, en ce moment. Il est allé aux champignons avec le gamin, hier... Celui-ci n'en peut plus.

– Je ne suis pas fatigué, dit Simon.

– Il a grandi, bon sang de bois ! dit Charles Philippe. Quel âge ça lui fait ?

– Sept », dit Papa.

Du bout des doigts, très vite, il froissa les cheveux bien peignés de Simon.

« Papa, dit Simon.

– Oui ?

– Brice..., il est pas là, dis ? »

Papa lança divers coups d'œil à travers la salle.

« Non. Il n'est pas là... Laisse-le en paix aujourd'hui, gamin. Je doute qu'on le revoie avant ce soir. Et peut-être bien tard. »

Il poussa doucement son fils devant lui, et, louvoyant entre les tables, ils sortirent du café.

Sur la place, il y avait encore quelques groupes de femmes, dans l'ombre des tilleuls. Les carrioles et landaus avaient disparu, emportant des familles qui ne buvaient l'apéritif que chez elles, et non dans les salles basses et enfumées d'un quelconque Café Maurice...

Man était là, avec Mme Philippe, ainsi que la grand-mère et Licette. Les hommes les rejoignirent, et Licette bouda lorsqu'elle vit les moustaches vertes de son frère.

« Voyons, dit Man, ce n'est pas la place des jeunes filles dans les cafés ! »

Licette n'était pas de cet avis, et elle fusilla du regard Charles Philippe, qui voulait se moquer de sa moue.

« Où est Brice ? » se demandait Simon.

« Elle est en colère, dit la grand-mère. Ça ne va pas.

– En colère ? dit Papa. Et pourquoi, diable ?

– Il n'y avait pas de marchand de chansons, à la sortie de la messe », dit Man avec une grimace complice et apaisante.

Licette vint se fourrer le nez dans ses jupes.

« C'est vrai, songea distraitement Simon. Il n'y avait pas de marchand de chansons. » On les voyait pourtant plutôt l'été. Ils se tenaient au milieu de la place et chantaient les nouveaux airs de Paris, accompagnés par un accordéon. Les gens écoutaient rassemblés en groupe et conjuguant leurs efforts afin de mieux retenir la mélodie et les paroles. Ensuite, le ou les marchands vendaient la chanson imprimée, pour quelques sous... Il y avait une chanteuse, grande et forte, qui se servait, pour mieux se faire entendre, d'un porte-voix de carton.

Le couple Philippe quitta la famille Larmier, et Mme Philippe promit à Licette que « Dimanche prochain, il y aurait certainement un marchand de chansons sur la place... »

Ils prirent le chemin du retour, et trois quarts d'heure plus tard se retrouvaient à la maison. Papa avait dégrafé son col, de fines gouttes de sueur perlaient aux tempes de Man. Licette, rouge et collante, « chignait* » en traînant les pieds, ses rubans de cheveux lamentablement dénoués et pendant comme des fleurs fanées.

Dimanche, et le soleil flambait, tout nu dans un ciel vide.

* Pleurnichait.

« Je peux me changer ? » demanda Simon, martyre.

Ce qui lui fut accordé.

Dimanche, aux aiguilles des horloges qui halent des secondes pesant chacune des tonnes...

Chapitre 6

La première personne qu'il vit, et reconnut, en poussant la porte du café, était Albert Colert. On l'appelait Grand Bébert, pour le différencier de son père, qui lui aussi se prénommait Albert – mais mesurait quelques centimètres de moins et raccourcissait, semblait-il, au fur et à mesure que les années s'entassaient...

Grand Bébert était assis à la première table, à gauche de la porte, dans la nappe de soleil qui mangeait la moitié de la salle. Deux autres hommes lui tenaient compagnie, Brice ne les avait jamais vus.

« Bon Dieu ! mais voilà Brice ! » s'exclama Grand Bébert, tandis que Brice repoussait la porte derrière lui, dans les tintinnabulements de la clochette d'entrée.

Brice eut un vague sourire. Il aurait préféré de beaucoup faire d'autres rencontres, et Grand Bébert (qu'on aurait pu tout aussi bien surnommer Grande Gueule) n'était pas spécialement le genre de compagnie souhaitée. L'éviter n'était pourtant pas possible – la salle était vide de toute clientèle – à l'exclusion de cette unique tablée.

« Salut bien, dit Brice.

– Salut bien ! » lança Grand Bébert, serrant la main de Brice et la secouant fortement.

Ses deux compagnons hochèrent la tête. Brice leur serra la main également. Ils avaient des visages aux traits durs, le teint mat et les cheveux très noirs, luisants. Les cols de carton de leurs chemises blanches brillaient d'un éclat étincelant.

Grand Bébert, lui, portait les habits qu'il usait à longueur de semaine, et sa chemise bleu passé était largement ouverte sur un torse carré, couvert de poils frisés, comme un véritable poitrail de bête. Ses joues rouges et rondes semblaient vouloir toujours davantage lui coincer le regard sous la barre sombre des sourcils.

« Assieds-toi, Brice, assieds-toi, clama-t-il. Tu vas boire un canon avec nous, pas vrai ?

– Vous êtes ensemble, tenta Brice. Je ne veux pas...

– Allez, Brice, coupa calmement Grand Bébert. Assieds-toi donc, milliard de dieux, et ne fais pas de singeries, hein ? »

Brice tira une chaise et s'installa. Il déboutonna les pans de son manteau et les rejeta de chaque côté. Colert l'avait regardé faire d'un œil intéressé. Il dit :

« Vingt dieux, Brice, comment tu fais pour ne pas crever de chaud là-dessous ? »

Les jurons émaillaient normalement toute phrase prononcée par Grand Bébert ; ils étaient devenus l'imagerie naturelle et fracassante d'une sorte de ponctuation.... Nulle colère – ou simple manifestation d'humeur – n'était nécessaire à l'éclatement d'un « Vingt dieux », pas plus, d'ailleurs, que l'idée de blasphème. C'était comme la grêle..., mais cela tombait dru, de janvier à décembre.

Les moqueries, ou les propos qui se voulaient d'humour et n'étaient que blessants, fusaient de ses lèvres grasses avec le même naturel, la même désinvolture affligeante. Grand Bébert avait les épaules larges, des biceps et des poings gros comme ça...

Brice retira ses coiffures. Mit sa casquette dans une poche et recoiffa le chapeau. Il dit :

« Je me débrouille avec le soleil.

– Et ça ne t'empêche pas d'avoir la gorge sèche, hein ? » répliqua Colert.

Son regard aminci pétillait. Il brailla :

« Amélie ! amène-nous à boire ! »

Amélie surgit aussitôt de la cuisine. Toujours sèche, mince comme un coup de trique, les cheveux blanc jaunâtre rassemblés en chignon brioché sur le haut de sa tête.

« Tiens, Brice ! dit-elle. Te voilà dans nos pays ?

– Me voilà, dit Brice. Est-ce que ça va ? Et Maurice ?

– Ça va », dit Amélie.

Elle posa un verre devant Brice, le remplit en premier, puis servit les autres.

« Laisse-nous le litre, va », dit Grand Bébert.

Amélie obtempéra, non sans avoir remarqué, à l'adresse du bavard :

« Tu n'iras pas jusqu'au bout de la journée sur tes jambes, garçon. »

Elle quitta la salle.

« A la tienne », dit Grand Bébert.

Il but d'un trait. Ses deux compagnons avalèrent chacun une mince gorgée de vin.

« Tu connais pas ces deux-là, hein, Brice ? Des Italiens. Travaillent à la carrière. Lui, c'est Gino, et l'autre, c'est Amedeo, Amédée, quoi. Hein, les gars ? »

Les Italiens hochèrent la tête, avec une sorte de sourire sur les lèvres.

« Ils commencent à bien se débrouiller en français, nom de Dieu, dit Grand Bébert. Crevaient de faim, là-bas, dans leur pays. Ici, ça va. Hein, que ça va ?

– Ça va », dit celui qui s'appelait Gino.

Il baissa rapidement les yeux. Brice les imagina, arrivant au village sans connaître un seul mot de la langue... et puis se débrouillant malgré tout. S'intégrant, petit à petit, tout heureux des premiers contacts humains qui semblaient pouvoir déboucher sur l'amitié solide et durable. Un de ces premiers contacts avait été Grand Bébert...

« Tu travailles toujours à la scierie ? demanda Brice, pour dire quelque chose.

– Toujours, vingt dieux », assena l'autre.

Il saisit la bouteille et se reversa à boire. Les deux Italiens posèrent leurs mains à plat sur les verres.

« Vide ton verre, Brice. Allez ! »

Brice but. Il reposa le verre vide, que Grand Bébert emplit à ras bord.

« Toi, t'es quand même un rude citoyen, hein ? » dit-il.

Et, pour les Italiens, il raconta :

« Ce gaillard, c'est Brice. Si vous l'avez jamais vu, nom de Dieu, vous allez le voir, de temps en temps, comme ça. Un gaillard ! Pas de patron, lui. Il se promène. Pas vrai, Brice ? »

Brice eut un petit hochement de tête. Il se disait que la grande erreur avait été de s'asseoir... Il aurait dû trouver un prétexte, n'importe quoi. Dire qu'il ne faisait que passer, ou qu'il venait voir Maurice, le patron du café. Mais ne pas s'asseoir.

« Un gars qui se promène et qui vend des aiguilles, vous avez pas ça en Italie, hein ? Eh ben, en voilà un. Ça couche où ça veut, ça fait les nids que ça veut, ça suit le chemin que ça veut. Et pas de femme sur le dos, pas de gosses dans les jambes... La belle vie, quoi !

– Tu devrais faire la même chose, Colert », dit Brice entre ses dents.

Grand Bébert éclata de rire. Puis s'arrêta brutalement. Une lueur de vilain augure avait traversé, l'espace d'une fraction de seconde ses petits yeux de rat.

« Quel âge que ça te fait, maintenant, Brice ?

– Cinquante-sept », dit lentement Brice.

Grand Bébert hocha la tête. Il parut réfléchir un moment, puis ses yeux, de nouveau, étincelèrent. Il reprit, pour les deux Italiens :

« Quand je dis pas de femme... Un jour, il a quand même voulu se marier, Brice. Hein, Brice ? »

Et Brice était soudain devenu pâle. Il reposa le verre qu'il portait à ses lèvres, un peu de vin coula sur ses doigts qui tremblaient.

Sans un mot, il se leva.

« Hé ! cria Colert. Allez, Brice, arrête... Je blague, quoi ! »

Il avait saisi le poignet de Brice, et le força à se rasseoir.

« C'est bon, nom de Dieu, dit-il. On n'en causera plus... »

Les deux Italiens évitèrent de croiser le regard de Brice. Ils regardaient leurs verres, ou bien n'importe où. Grand Bébert se mit à parler de la scierie et des coupes de bois qu'il faisait pour son compte, en dehors de ses heures. Il se reversa fréquemment à boire et ses joues devenaient de plus en plus rouges. De longues minutes passèrent avant que les yeux clairs de Brice perdent leur voile de froideur...

Puis Julien et Anicet Grandgiraud entrèrent. Les deux frères s'exclamèrent en voyant Brice. Colert les invita à la table. Les deux hommes s'installèrent à la place des Italiens, qui profitèrent de cette diversion pour s'en aller – avec, c'était flagrant, un certain soulagement.

La conversation rebondit. Elle n'était plus seulement faite par un seul homme, et prenait enfin quelque intérêt. Julien et Anicet Grandgiraud étaient de braves types.

La bouteille de vin fut vidée. Grand Bébert s'apprêtait à en commander une autre, mais les deux frères se levèrent.

« Arrête, dit Julien. Ça va être la sortie de la messe, et on ne va plus s'entendre, ici.

– On a encore le temps, milliard de...

– Non, dit Anicet. On était entrés pour boire un verre, juste un verre. Maintenant, on n'a plus le temps.

– Vous n'allez pas au boulot, quand même ?

– On va jouer aux quilles, dit Julien. Chez Paul. »

Il cligna de l'œil vers Brice :

« Vous venez, Brice ? »

C'était peut-être davantage qu'une invitation amicale... Une perche tendue.

« Je veux bien », dit Brice.

Il se leva.

« Nom de Dieu, attendez ! cria Grand Bébert. C'est une sacrée bonne idée ! Je viens avec vous ! »

Et Brice crut voir, rapide, dans l'œil des Grandgiraud, l'ombre d'une ombre navrée...

Paul avait un bistrot sur le flanc du ballon. De la « terrasse » on pouvait voir une grande partie de la vallée et le nœud de maisons, autour du clocher, qui formaient le centre du village.

La route de pierres concassées qui menait au bistrot ne s'y arrêtait pas. Elle continuait sur son élan, lacet après lacet, dépassait les essarts et les champs de pâture, et puis plongeait sous le bonnet de sapins pour refaire surface sur le sommet pelé de la montagne ronde.

Du village à chez Paul, on pouvait aussi bien délaisser cette route et prendre au raccourci par le sentier tout droit qui, de prés en halliers, se hâtait joliment. Si la pente était roide, l'ombre s'y faisait belle, et l'on pouvait toujours se tailler un bâton aux herses des aveliniers.

Brice et les frères Grandgiraud, précédés par Colert, prirent ce chemin-là. A midi dépassé, ils pénétrèrent chez Paul.

La petite salle basse était encore trop chaude à leur goût. Ils s'installèrent dehors, à une table de fer sous le grand marronnier. Tout près du jeu de quilles. Ils commandèrent une omelette au lard, salade et vin pour « faire glisser ».

Le repas fut tranquille, et, sitôt après, Grand Bébert alla s'étendre sur un bout de pré. Il tira sa casquette sur son nez et s'endormit presque aussitôt.

Pendant plus d'une heure, encore, Brice et les deux Grandgiraud continuèrent une conversation hachée, juste pour faire du bruit de temps à autre.

Ils étaient en bras de chemise. Parfois ils se décollaient le dos de la chaise pour saisir leur verre et s'humecter les lèvres d'un fond de vin tiédi. Il faisait bon. Des mouches dansaient dans le soleil. Le village, en bas, semblait tout à fait mort.

Et puis Paul les rejoignit, bedonnant, gai d'allure et de cœur. Il proposa la première partie de quilles. Comme la plus grosse chaleur était passée, ils acceptèrent.

Le bruit des boules roulant sur la longue planche d'envoi, puis cognant les lourdes quilles au pied cerclé de fer, ne réveilla même pas Grand Bébert. Paul s'en avisa en souriant.

« Laissez-le, dit Julien Grandgiraud. Il nous fout la paix, au moins. Il était moitié soûl en arrivant, déjà. »

Ils jouaient depuis une demi-heure, environ, lorsque Tilix fit son apparition. Il était rouge et moite de transpiration, serra les mains à la ronde.

« C'est toi qui nous " requilles " ? » s'enquit Brice dans un sourire.

Tilix acquiesça.

« Va vite, gamin », dit Paul.

Tilix jeta sa veste et s'alla mettre en place au bout du jeu de quilles. Il relèverait les quilles après chaque lancée, renverrait les boules en les faisant glisser sur le rail de bois incliné. Et gagnerait quelques sous de la main des gagnants...

Ils rejouèrent. Les coups de Brice étaient d'une précision stupéfiante. Apparemment, il ne prenait même pas la peine de viser. Il était là, plantait ses doigts dans les deux logements creux de la boule.

Son grand corps se courbait, et sans élan, sur un long balancement du bras droit, la boule partait...

Vers quatre heures, trois gaillards arrivèrent. Brice les connaissait tous, mais il eut de la peine à se remettre en mémoire la longue figure pâle de Gaston Sénéchal. La dernière fois qu'il avait vu Gaston, c'était avant la guerre, et l'homme avait encore ses deux bras.

Les nouveaux venus étaient un rien éméchés. Ils réveillèrent Grand Bébert en l'aspergeant de bière et ce dernier brailla tout ce qu'il savait, courut derrière Periel en promettant de lui écraser le crâne. Ensuite, il se calma un peu, réclama à boire.

Ils voulurent jouer, eux aussi.

Pendant près d'une demi-heure, ils accaparèrent les boules, les lançant n'importe comment, sans que Brice ou les Grandgiraud puissent en toucher une. Et puis René Bottier – qui paraissait le plus ivre et n'en finissait pas de rire et de baver – essaya d'atteindre Tilix en envoyant la boule tout de travers.

« Hé ! gronda Paul. Arrêtez voir un peu, les gars. C'est pas malin, et si vous voulez jouer, vous jouez, sinon, si c'est pour faire des imbécillités de la sorte, vous vous en allez. C'est compris ? »

Bottier, qu'une quinte de rire secouait, s'écroula au pied du marronnier.

« Arrête-toi, Paul, lança Sénéchal. On joue comme on peut. (Il agita sa manche de chemise vide.) Avec seulement mon bras gauche, je suis plus ce que j'étais...

– Ça, c'est vrai », grogna Paul.

Le visage de Sénéchal se durcit immédiatement. Il avança, l'œil mauvais :

« De quoi ? qu'est-ce que tu grognes, Paul ?

– Ça va, allez ! dit Julien Grandgiraud. Bon sang, on jouait tranquillement, et vous venez semer votre merde...

– On sème quoi ? » grinça Sénéchal.

En retrait, l'œil brillant, Grand Bébert apaisa :

« Laisse tomber, Gaston... Et laissons-les jouer, puisqu'ils veulent jouer.

– Toi, dit Anicet Grandgiraud, je te rappelle que tu es monté avec nous, et que tu as mangé avec nous.

– Et alors, monsieur ? glissa Colert. Tu veux que je te rembourse ? »

Au bout du jeu de quilles, Tilix ne bronchait pas.

Brice n'avait pas dit un mot. Il marcha vers la table de fer, peut-être pour s'habiller, s'en aller, mais Sénéchal fit un pas de côté et se planta devant lui. Tendit la main et lui présenta la boule.

« Tiens, Brice... Joue, puisque tu veux jouer. T'es un as, à ce jeu, pas vrai ?

– Brice est un as à toutes sortes de jeux, dit Grand Bébert. Cent dieux, c'est pas vrai, Brice ?

– Laissez-moi donc passer », dit Brice.

Il fit un mouvement, comme s'il voulait de nouveau marcher vers la table, mais Sénéchal fit un autre pas de côté, obstruant le passage.

« Tu vas jouer, mon vieux. Tu voulais jouer, non ? »

Pendant quelques secondes, les deux hommes se mesurèrent du regard et les yeux de Brice, progressivement, se faisaient durs, aussi durs et froids que ceux du manchot. Assis au pied du marronnier, Bottier avait cessé de rire, et il considérait la scène d'un œil béat.

« Tu vas jouer », dit sombrement Sénéchal.

Il plaqua la boule dans les mains de Brice. Celui-ci hésita encore, toujours sans dire un mot, puis il eut comme un vague haussement d'épaules. Il se tourna vers le jeu. Il se baissa, sur le point de lancer la boule.

« Eh ! don Juan, ricana Grand Bébert. Tu devrais nous raconter comment t'as failli épouser Maria Botteron. Moi, j'ai envie de rigoler... »

Dans le long silence qui suivit, Periel lâcha un grasseyement hilare.

Doucement, Brice se redressa. Ses deux mains se serrèrent sur la lourde boule de bois dur. Il était debout, figé, et son regard fixait les quilles, ou peut-être la petite silhouette de Tilix, ou peut-être rien. Un tic nerveux fit tressauter la peau de sa pommette, sous l'œil gauche.

« Vous n'avez pas fini, oui ? » gronda Julien Grandgiraud.

Ce fut exactement comme s'il n'avait rien dit. Colert continua, gagné par le fou rire :

« Tu racontes pas, Brice ? Comment t'étais décidé de l'épouser ? Comment tu t'es trompé de chemin ? »

Confusément, il entendit des cris.

(Et les images tournaient dans la tête de Brice... Les images de ce temps lointain, dans cette salle enfumée du Café Maurice... Grand Bébert était là, mais beaucoup d'autres aussi, et ils avaient certainement bu plus que de raison. Et lui aussi avait bu plus que de raison... Tout le soir, ils lui avaient parlé de Maria, et l'alcool aidant il avait fini par les croire, par se convaincre que Maria pourrait faire une épouse parfaite, qu'elle ne demandait pas mieux... Jamais encore il n'était allé jusqu'à la maison dans la forêt. Ils s'étaient chargés de lui expliquer le chemin... Ils l'avaient même accompagné, lui désignant la route à suivre...)

« Brice, hé! claqua la voix de Sénéchal. Qu'est-ce que tu en dis ? »

Les bras de Brice tombèrent au long de son corps. Il tenait la boule au bout de sa main droite.

« Moi, je m'en fous, de Maria, dit Sénéchal. Ce qui m'intéresse, c'est que tu me racontes la guerre. *Ta* guerre. »

Brice se retourna. Fit face. Il fit deux pas en direction de Sénéchal, s'arrêta. Il dépassait le manchot d'une bonne tête.

« Savoir comment que tu te la coulais douce, Brice, reprit Sénéchal, sous le toit de ceux qui étaient au casse-pipe, et, qui sait, dans leur lit, hein ?

– Sauve-toi, Gaston, dit sourdement Brice. Qu'est-ce que je t'ai fait ? Qu'est-ce que tu cherches ?

– Que tu me racontes, dit Sénéchal, continuant

toujours la même phrase, comment tu t'es démerdé, pendant que nous on se faisait étriper pour des gars comme toi ! Pendant qu'on y perdait des pattes ! »

Brice eut ce geste vague, ce geste qui n'en pouvait plus de colère contenue ; il eut ce mouvement de la main qui tenait la boule de buis, cette esquisse de menace...

« Salaud ! cria Grand Bébert. Tu cognerais sur lui, dis ? Sur un blessé de guerre, un manchot ? »

Il avait bondi, et Bottier, du pied de son arbre, poussa un cri de joie. Brice ne vit pas arriver la bourrade. Le coup de coude le faucha à l'abdomen, et il roula à terre avec un gémissement. La chaussure ferrée de Sénéchal l'atteignit traîtreusement au pliant de l'épaule. Son chapeau roula à trois pas, et on entendit nettement claquer son visage contre le sol de terre dure.

Il tenta de se relever rapidement. Ses doigts serrés sur les encoches polies de la boule lui faisaient mal. Une douleur cuisante lui déchira l'épaule.

Il vit passer une seconde fois la godasse ferrée de Sénéchal à quelques centimètres de son visage maculé. Et puis, confusément, il entendit des cris, vit bondir les deux frères Grandgiraud.

Chapitre 7

La brutale explosion de violence avait figé Tilix. Il était devenu très pâle, et ses jambes tremblaient.

La gorge sèche, nouée, le jeune garçon ne parvenait pas à détacher ses yeux du grand corps effondré de Brice qui se traînait maladroitement sur le sol, tentait de se relever. Tilix aurait voulu pouvoir bouger, il aurait voulu être grand et fort, et puis empoigner une quille et se précipiter dans la bagarre... Il était là, cramponné aux rails de bois de la rampe de requillage.

Lorsque les deux frères Grandgiraud s'élancèrent dans la mêlée, un profond soupir de soulagement jaillit d'entre les dents serrées de Tilix. Il ne put retenir un cri, une exclamation d'enthousiasme pointu.

Tandis que Julien, d'une bourrade, repoussait la grosse masse de muscles de Grand Bébert, Anicet, lui, avait attrapé Sénéchal par sa manche de chemise vide. Il tira sèchement et envoya valser le manchot à plusieurs pas, à l'instant même où celui-ci levait le pied pour la troisième fois. Au terme de son vol plané, Gaston Sénéchal trébucha dans les jambes tendues de Bottier, lui passa pardessus et percuta de son épaule valide le tronc du marronnier.

Anicet se pencha sur Brice. Un coup d'œil lui suffit pour s'apercevoir que ce dernier n'avait pas trop de mal.

« Arrêtez, dit Brice. Vous n'allez pas... »

Le reste de la phrase se perdit dans le tohubohu général. De toute façon, Anicet n'écoutait pas. Il en fallait beaucoup pour mettre les frères Grandgiraud en colère, mais lorsque c'était fait, il en fallait beaucoup également pour les arrêter. Anicet saisit la boule de bois que Brice tenait toujours et se releva.

A cet instant précis, Colert venait d'envoyer ses deux poings réunis dans la poitrine de Julien, et Paul essayait de convaincre Periel qu'il valait mieux, pour lui, ne pas trop se faire remarquer. Julien fit « ouf ! » et recula l'un pas. Grand Bébert cogna une nouvelle fois, mais le coup qu'il porta manquait de précision et atteignit l'aîné des Grandgiraud au sommet de l'épaule. Julien pivota, plié en deux et le souffle court.

« Attends ! attends un peu, nom dé Diou ! » bramait Colert.

Il ne put frapper une troisième fois : Anicet était sur lui, l'empoignait par un bras et le faisait pivoter à son tour. Grand Bébert envoya ses poings au hasard, en direction d'Anicet, et celui-ci évita parfaitement trois ou quatre terribles moulinets. Et puis il frappa à son tour.

Sèchement.

Avec la boule de buis.

Il sentit, sous le coup, derrière la boule de bois, se briser quelque chose. Dans la seconde, il se disait : « Bon Dieu, je l'ai tué ! »

Les yeux grands ouverts, ahuri, Grand Bébert recula en chancelant, battant des bras pour essayer de retrouver son équilibre sérieusement compromis. Puis ses jambes plièrent et il s'écroula sur la terre sèche, ne bougea plus.

Ce fut comme un signal, et le silence tomba, de plomb.

Le silence sur Tilix, bouche ouverte et souffle suspendu, sur Sénéchal qui se redressait en grimaçant, sur Paul et Periel. Sur Julien et ses lèvres éclatées, tordues de douleur. Sur Brice, à genoux et couvert de poussière.

Le silence sur Anicet, essoufflé, immobile, avec cette lourde boule pendue au bout du bras.

Anicet grogna un juron sourd. Ses doigts s'ouvrirent, et la boule tomba au sol, dans lequel elle s'enfonça de quelques millimètres, avec un bruit mat. Anicet marcha vers le grand Colert allongé à terre. Il se pencha, puis s'agenouilla à côté de lui.

« Bébert, hé ! » appela-t-il.

Les autres s'approchèrent, en silence, lentement. Dégrisés. Même Bottier s'était remis debout, et il ne riait plus – il était au contraire très pâle, la mine catastrophée.

Tilix s'approcha également, sur des jambes qui n'étaient pas encore très solides.

« Hé ! Colert ! appela Anicet. Bon Dieu, quoi, reviens ! »

Le sang coulait du nez gonflé de Grand Bébert, ainsi que de sa pommette éclatée, de ses lèvres déchirées. Un sang très rouge, brillant.

Paul se pencha sur lui, lui tapota la joue. Bottier était allé chercher le litre de vin sur la table, et il en fit couler quelques gouttes sur le front de Colert. Un long grognement s'échappa de la gorge de celui-ci. Il bougea, et plusieurs soupirs soulagés s'élevèrent parmi les hommes.

Grand Bébert ouvrit les yeux et les referma aussitôt, ébloui par le soleil du soir qui lui tombait tout droit dessus. Il grimaça, porta une main prudente à son visage marqué. Son nez tordu enflait déjà, prenait au-dessus des narines broyées une vilaine teinte roussâtre.

« T'es content, hein ? bougonna Paul, aidant le blessé à se lever et s'asseoir. T'es content, t'as gagné ? »

Colert passa une main prudente sur son visage, regarda ses doigts rougis.

« J'aurais pu te tuer, bon sang, souffla Anicet. J'aurais pu t'étendre net. »

Un éclair mauvais traversa le regard de Colert. Il se remit à palper ses blessures, précautionneusement, sans se soucier du sang qui coulait sur sa chemise.

« Attends un peu, dit Paul. On va te soigner ça !

– Fous-moi la paix, toi ! » lança Grand Bébert.

Sénéchal, de sa main valide, l'aida à se relever.

Paul blanchit d'un seul coup. Il cria :

« Tu veux qu'on te fiche la paix, hein ? Eh bien, on te fiche la paix ! et tu vas filer d'ici, bien vite, je te le dis ! Tu vas aller faire ton cirque ailleurs, tu as entendu ? Toi, et vous tous aussi, bande de marque-mal ! Fichez-moi le camp, et vite, et puis revenez quand vous aurez d'autres idées en tête, nom d'une pipe ! Allez ! »

Sénéchal eut un sourire moqueur, dévoilant ses dents de rat jaunes.

« Tu serais méchant, Paul ? Qu'est-ce que tu...

– Et toi, tu vas me boucler ta grande gueule, tu entends ? coupa Paul, hors de lui. Manchot ou pas, blessé de guerre ou non, je te jure que si tu essaies encore de faire le mariolle, moi, je la ramasse, la boule, et je te tocsinne sur ta sacrée tête vide jusqu'à ce que tu ressembles à un morceau de mou. Tu entends ? Fichez le camp, je vous dis, ou bien je vais chercher mon fusil ! Je commence à en avoir marre de vos pitreries, vous comprenez ? »

Il leur fallut tout de même quelques secondes de temps mort, et de réflexion, pour comprendre. Et pour se rendre compte que les crâneries n'étaient plus de taille à arranger leurs affaires. De plus, l'ardeur de Grand Bébert était visiblement tombée assez bas, la douleur devait commencer à se faire sentir, brûlant les chairs éclatées. Quant aux autres, ils avaient été trop brutalement dessoûlés...

« Tu n'es certainement plus près de nous voir ici », souffla Sénéchal.

Il empoigna le Grand Bébert, et poussa l'homme devant lui.

« Comme si c'était une menace ! » dit Paul.

Sans un mot, Periel et Bottier suivirent – un rien chancelants – le manchot et Colert. Quelques minutes plus tard, les quatre hommes avaient quitté la terrasse et disparaissaient derrière le premier virage de la route.

« Eh bien ! soupira Paul. Non mais, des fois... »

Ils se regardèrent, avec des haussements de sourcils et des mimiques stupéfaites. Lorsque le regard de Tilix croisa celui de Brice, le garçon eut un petit sourire.

Paul revint, porteur d'une bouteille débouchée qu'il posa sur la table.

« Allez, dit-il. Venez boire un coup, pour se remettre. »

Ils s'acheminèrent vers la table de fer, prirent place sur les chaises.

« Toi aussi, Tilix, dit Paul. Ça te redonnera des couleurs. »

Julien Grandgiraud s'assit en grimaçant.

Sénéchal eut un sourire moqueur.

« Tu as mal ? lui demanda son frère.

– Oh ! c'est rien... La vache, il m'a cueilli au cœur... »

Anicet secoua la tête un moment sans rien dire, et son regard était posé sur la boule de buis, toujours là où il l'avait lâchée. Il souffla :

« J'aurais pu le tuer...

– Et alors ? dit Paul, impitoyable, tout en remplissant les verres. Ils l'avaient bien cherché, non ? »

Brice était assis droit sur sa chaise et regardait couler le vin. Il avait de la poussière dans sa barbe et sur ses cheveux. Une tache de griffures marquait son front.

Il dit :

« Je suis désolé... C'est... C'est après moi qu'ils en avaient et...

– Comment ? dit Paul, vivement redressé. Après vous, Brice ?

– Ils en avaient après n'importe qui, dit Julien, prenant son verre. Des types soûls... D'abord, ils ont commencé par ennuyer le gamin.

– Colert devient de plus en plus bête, dit Paul. Et Gaston Sénéchal... Depuis qu'il a perdu son bras...

– Bon sang ! gronda Brice, est-ce que j'y suis pour quelque chose ? Combien il y en a, comme lui, et qui ne deviennent pas des bandits pour autant... J'aurais dû m'en aller tout de suite, voilà. Et ils ne m'auraient pas asticoté.

– Vous n'auriez pas été là, dit Julien, ils s'en seraient pris à quelqu'un d'autre. »

Brice hocha la tête. Il but une gorgée de vin. Reposa le verre sur la table.

« Quand même... Et puis cette histoire... Dire ce qu'il a dit, au sujet de... »

Son regard accrocha l'œil de Tilix, et il se tut. Un lambeau de silence flotta.

« Il ne faut pas faire attention, allez, reprit Paul après un instant.

– Quand même ! souffla Brice. Qu'on puisse penser... »

Il releva soudain le front, presque violemment :

« Bien sûr, que je n'ai pas fait la guerre ! Et qui m'a appelé ? Qui m'a demandé ? Je sais que malgré tout il y en a de mon âge qui y sont allés... Mais... Moi, je me souviens de l'autre, avant. J'avais sept ans, tiens, l'âge du petit Larmier. L'âge de Simon, oui. Je m'en souviens, de celle-là ! C'est elle qui m'a planté tout seul sur les chemins... Oh ! je dis pas que sans l'âge, et sans tout le reste, je l'aurais faite tout de même ! Non, je serais parti... Parfaitement. Et puis quand même, personne ne m'a appelé. Ils ne se sont pas souvenus que Brice Gallet existait. Et c'est tant mieux. Pas de maison, pas de logis, pas de papiers... Rien. C'est de cela qu'ils sont envieux ?

– On ne vous a jamais rien dit, Brice, dit Paul.

– Vous aussi, dit Brice sur un ton plus bas. Vous aussi, vous y êtes allés, à la guerre...

– On ne vous a jamais rien dit, répéta Paul.

– Si j'avais pu m'en passer, je l'aurais fait, assura Julien. Ça oui.

– Je n'ai pas de pays, dit doucement Brice. Et je

n'en demande pas. Mon pays, c'est tous les chemins, voilà. Et toutes les forêts où poussent des champignons... Je sais bien que pour quelqu'un qui a perdu un bras... Mais ça ne fait rien : il y a quand même des choses qu'on ne devrait pas dire.

– Allons, dit Paul. On ne parle plus de tout ça ! et on boit un coup. »

Ils burent.

Et puis ils essayèrent de parler d'autre chose, d'oublier les voix et les éclats de la bagarre qui tournaient toujours dans leurs têtes. Anicet avait de fréquents coups d'œil en direction de la boule, au milieu de la terrasse.

Ils se remirent bien vite à parler de Grand Bébert et des autres. Paul versait le vin dans les verres.

Tilix écoutait.

Au bout de quelque temps, Paul alla chercher une autre bouteille. Ils avaient le visage rouge. Brice disait :

« Se battre pour cela..., c'est à désespérer.

– Tout de même, disait Julien. On peut me chercher longtemps, et insister... Mais il y a un moment où je ne peux plus être patient, où ça éclate ! Il ne faut quand même pas exagérer ! »

La conversation tomba avec le soir. Ils tentèrent bien encore de la prolonger, mais les mots venaient mal. Finalement, Julien se leva, aussitôt imité par son frère.

« Bon, dit-il, nous, on redescend. »

Brice se leva lui aussi. Il prit ses vêtements sur

le dossier de sa chaise et les enfila. Le moindre geste le faisait grimacer.

« Redescendez ensemble, conseilla Paul. On ne sait jamais.

– C'est bien ce qu'on va faire, opina Julien. Au moins jusqu'au village. »

Ils quittèrent Paul, et juste avant de s'en aller Anicet donna un coup de pied dans la boule, qui roula jusqu'au fond du jeu de quilles.

Ils descendirent par les courtes*, sans presque dire un mot. Chaque pas dans les cailloux faisait naître une vague douleur dans l'épaule de Brice.

Au village, les frères Grandgiraud bifurquèrent en direction de leur maison.

« Allons, dit Brice, en donnant une petite tape sur l'épaule de Tilix.

– Je vais monter avec vous, jusque chez Simon, décida le gamin. Ça fait un moment que je ne l'ai pas vu...

– Si tu veux... »

Il y avait des gens, assis sur des bancs ou des chaises, devant leurs maisons. Brice les saluait, et on lui rendait son signe de tête, son mouvement de main. On lui lançait une phrase, un mot.

Lorsqu'ils prirent le sentier à travers prés qui menait à la maison Larmier, le soir était tout rouge. L'ombre de Brice ne dépassait guère celle de Tilix, qui marchait devant, à trois ou quatre pas.

* Chemins de raccourci.

Chapitre 8

Licette voulait bien jouer à la poupée, « mais avec Simon ». Licette voulait bien jouer à la marchande, « mais avec Simon ». Licette voulait bien jouer à trente-six mille jeux, « mais avec Simon »...

Et Simon, lui, ne demandait qu'une chose, ne voulait qu'une chose : la paix.

Il avait essayé d'échapper aux assauts de Licette, avec patience tout d'abord, puis fermeté, et enfin véritable hargne. Ce qui avait déclenché dans l'instant les pleurs de la fillette, l'intervention courroucée de Man : « Tu n'as aucune patience, Simon, avec ta petite sœur ! Enfin, c'est toi l'aîné, et tu devrais te montrer raisonnable ! »

Etre l'aîné !... comme une véritable et lourde

tare, qui vous oblige à la sagesse naturelle, à la raison, qui vous force le cœur à toutes les qualités !

« Elle m'embête ! » avait explosé Simon.

Il était parti, se bouchant les oreilles pour échapper aux cris de Man. Il était parti. Pas loin. Au sommet du chemin, il s'était assis dans les taches de bruyère. De cet endroit, il pourrait voir Brice, très loin, lorsque celui-ci reviendrait.

Il avait attendu longtemps, et les aiguilles des horloges du dimanche, de plus en plus molles, rampaient dans des forêts épaisses de secondes, des jungles de minutes fatiguées.

Il avait attendu, et Brice n'était pas venu; le chemin était resté vide, crevassé d'ombres denses et de lumière féroce.

Papa l'avait rejoint, à un moment, et pendant une seconde Simon craignit de s'entendre répéter ses devoirs d'aîné. Mais non. Papa n'aborda même pas le problème. Il dit : « Je vais faire quelques fagots de bois mort, sur la lisière de la forêt. Tu viens avec moi ? » Simon, que l'espoir de voir rentrer Brice avant la fin du jour avait quitté brutalement, dit oui.

Ils grimpèrent jusqu'à la forêt, et trois ou quatre heures durant glanèrent les branches sèches. Papa travaillait sans dire un mot; c'était bien agréable, c'était juste ce qu'il fallait à Simon.

Quand le soir vint, une bonne dizaine de fagots étaient faits. Papa en prit deux sur ses épaules pour redescendre à la maison. Simon portait la serpette et l'écheveau de ficelle.

Ils mangèrent, dehors, les restes froids d'un pot-au-feu succulent. Man semblait avoir oublié ses griefs du début d'après-midi; Licette était d'humeur charmante, pour avoir joué à la marchande avec la grand-mère, pendant plus de deux heures... Simon picora.

Man et la grand-mère « débarrassèrent la table ». Simon resta dehors, avec Papa, sur le banc. Le soir était là, posé, rouge, sur les arbres et les prés. Licette, en chemise de nuit, vint dire bonsoir, planta des baisers pointus sur les joues piquantes de Papa, sur celles de Simon.

« Tu devrais essayer d'être plus patient avec elle », dit Papa lorsqu'elle fut partie.

Simon eut une grimace boudeuse, mais qui, tout de même, n'était plus franchement hostile à cette proposition. Incapable de résister plus longtemps, il demanda :

« Est-ce que Brice rentrera avant la nuit, dis ? »

Papa sourit furtivement. Il promena d'un coup de langue savant le mégot moite de sa cigarette d'un coin de sa bouche à l'autre. Balança sa jambe droite croisée sur la gauche.

Il dit :

« Je n'en sais rien, gamin. Laisse-le tout de même vivre à sa guise de temps à autre, non ?

– Je ne l'embête pas ! s'exclama Simon, offusqué – et peiné – par le sous-entendu.

– Non, non. Je n'ai pas dit cela. Tu l'aimes bien, quoi. »

Simon baissa le nez. Il tira une écharde du banc et la brisa en menus morceaux.

« Il est gentil, dit-il. Il raconte des histoires..., il sait plein de choses. »

Le regard que Thomas glissa vers son fils, rapidement, était peut-être un peu grave, soudain. Il retira le mégot d'entre ses lèvres, le considéra quelques secondes, puis le jeta au loin. Le chien vint le flairer et retourna s'asseoir devant sa niche.

« Oui, dit Papa. Il sait des choses...

– Il est allé dans tous les pays ! s'extasia Simon. En Amérique, et aussi en Chine... »

De nouveau, Thomas regarda son fils. Il avait dans l'œil une lueur surprise et amusée que Simon ne remarqua point, et qui dura l'espace d'un éclair.

« Oui, dit Thomas Larmier. En Chine... »

Il tira de sa poche le carnet de feuilles et un paquet froissé de tabac, se roula une cigarette.

Les teintes rousses, sur l'alentour, devenaient violettes. La vallée se vautrait dans le sombre. A l'intérieur de la maison, Man et grand-mère faisaient la vaisselle, et on entendait parfois tinter une assiette ou un quelconque récipient.

Il faisait bon.

Deux chauves-souris étaient sorties de leur abri, sous l'avant-toit du hangar, et déroulaient dans le soir en repos les serpentins emmêlés de leurs vols de chasse.

Les doigts de Papa, rugueux et durs, tassaient le tabac noir dans la feuille fragile, et puis roulaient, en un mouvement précis, sur le haut de la cuisse. Une pointe de langue glissait au long du rouleau de tabac, et la cigarette était née. Les doigts de

Man débarrassa la table.

Papa rangeaient le paquet de tabac, le carnet de « Job », tiraient d'une poche le briquet de laiton qu'ils décoiffaient – cela rendait un petit bruit agréable, chaud – boutaient, sur un tour de molette, le feu à la mèche en panache qui crachait sa longue flamme, rouge et fumeuse...

Dans ce calme pesant, Simon, brusquement, sursauta sur le banc. Se dressa.

« Regarde ! Voilà Brice ! »

Effectivement, Brice prenait pied sur le chemin, venant des prés. Tilix le suivait.

« Tilix est avec lui ! jeta Simon, tandis qu'une pointe jalouse creusait soudain sa joie.

– Je vois, dit Papa, le regard froncé.

– Me voilà, dit Brice, et il s'arrêta devant le banc, froissa d'une main distraite les cheveux de Simon.

– Où est-ce que vous étiez ? » demanda Simon.

Ni Brice ni Tilix ne répondirent. Brice ne paraissait pas « dans son assiette ». La montée à travers prés avait coloré ses pommettes, mais son front était pâle. Son regard courut de-ci de-là avant de se poser sur Thomas. Il dit :

« Je voudrais vous parler, Thomas.

– Me parler ? dit Thomas.

– Oui... Je voudrais... Un instant. Je dois vous dire...

– Qu'est-ce qu'il y a ? demanda Thomas, retirant entre deux doigts pincés, la cigarette d'entre ses lèvres.

– Oh ! rassura Brice, ce n'est pas alarmant, ni grave... Il faut que je vous parle... »

Il jeta un coup d'œil précis sur Simon, et Thomas lui aussi regarda son fils. Comprit.

« Bien, dit-il en se levant. Allons par là... »

Il marcha vers l'arrière de la maison. Brice suivit.

Simon ne chercha point à les accompagner. Son visage rond serré dans un masque de lourde gravité, il regarda Tilix.

« Comment ça va ? » dit Tilix.

Thomas s'adossa au talus, mais Brice demeura planté au bord du chemin, les mains dans les poches de son manteau. Il poussa quelques petits cailloux, du bout du pied.

« Vous voulez une cigarette ? demanda Thomas.

– Non, merci, dit Brice. (Il avait relevé le front, très vite, le temps de lâcher les deux mots ; puis il regarda de nouveau son pied qui poussait les cailloux.) Voilà... Je... Je vais m'en aller, dit-il. Je vais m'en aller demain. »

Un temps de silence coula, entre les deux hommes. Les paupières de Thomas se plissèrent.

« Demain ? Bonté, Brice, vous n'avez même pas fait votre tournée...

– Oh ! ce n'est rien. Il vaut mieux que je parte, je crois. »

Thomas jeta sa cigarette et la regarda fumer un instant, au sol. Il releva les yeux et considéra la haute silhouette de Brice, qui se dandinait toujours d'un pied sur l'autre.

« Qu'est-ce qui s'est passé, Brice ? demanda Thomas doucement. Qu'est-ce que cela veut dire ? »

Brice tira la main de sa poche, fit un geste vague :

« Oh !... »

Et puis, comme s'il n'en pouvait plus de silence et de gêne, brutalement, il parla. Il raconta.

Il raconta comment il avait rencontré Grand Bébert, et puis le reste. Comment ils étaient allés jouer aux quilles chez Paul, avec les frères Grandgiraud. Il raconta l'arrivée tumultueuse des braillards, Sénéchal en tête. Finalement, l'empoignade...

Thomas écouta, hochant parfois la tête, sans l'interrompre. Lorsqu'il eut terminé, Brice releva enfin le front, posant son regard clair dans celui de Thomas.

« Voilà, dit-il.

– Et c'est cela qui vous fait partir ? s'étonna Thomas.

– C'est cela et pas vraiment cela, dit Brice. Sénéchal a commencé à m'asticoter, avec la guerre, et tout cela. Colert aussi, à propos de Maria Botteron. Mais Sénéchal surtout... S'il n'y avait que cela, ce ne serait pas bien grave. Sénéchal a parlé de la guerre, et il a dit que j'avais bien de la veine d'être passé à côté, pendant que d'autres se faisaient tuer ou blesser, pour des types comme moi. Il a dit que j'étais dans la maison des absents, et il a ajouté : « Peut-être dans leur lit. » Voilà. »

Le poing de Brice se serra.

« Il a dit ça. Qu'est-ce que ça veut dire, hein ?... Je ne veux plus rester ici, Thomas, pour vous faire du tort. Pour que des gens se mettent à raconter des vilenies et des mensonges abominables. Je ne veux pas qu'à cause de moi on se mette à se moquer de vous et de Mme Lydie. Voilà. »

L'espace d'un instant, les pommettes de Thomas étaient devenues pâles. Mais très vite ses yeux retrouvèrent leur chaleur habituelle. Il sourit.

« Vous êtes droit, Brice, dit-il. De me parler de ça, et puis... C'étaient des mensonges d'homme soûl.

– D'homme soûl, peut-être. Mais ces gaillards-là, justement, parlent à tort et à travers.

– Et tout le monde sait ce que valent leurs propos. Qui se soucie de ce que peut raconter un Sénéchal ou un Bottier ?... Sénéchal, particulièrement, est devenu mauvais, hargneux. La perte de son bras lui a fait gonfler le fiel. »

Brice hocha la tête plusieurs fois.

« Je suis content de vous entendre dire ça, Thomas. Vous êtes un brave homme.

– Brave homme ou pas, Brice, il y a combien de temps que je vous connais, eh ? Quand mes parents étaient encore de ce monde, déjà vous vous arrêtiez dans cette maison. Et ce que mon père faisait, je le renierais pour des conneries pareilles ? Brice, chaque fois que vous passez au village, c'est dans cette maison que vous mangez et que vous dormez, pour tout le temps que dure votre tournée. C'est comme ça, et c'est comme ça parce que ça nous plaît. Parce que cela nous fait plaisir d'avoir votre compagnie. De plus, ce n'est jamais sans retour, et ce n'est pas de la charité. Vous trouvez le moyen de couper du bois, de bêcher le jardin. Vous laissez à ma femme des aiguilles et du fil... »

Brice regardait de nouveau ses pieds. Il faisait de petits gestes avec sa main, comme pour tenter d'endiguer le flot chaleureux qui le submergeait.

« Et je vais vous dire autre chose, continua Thomas. Pendant la guerre, du temps où je n'étais pas là, j'étais rudement content de vous savoir ici. Je me disais : au moins, Brice est là-bas, et Lydie, les gosses et ma mère ne risquent rien. Des cohortes de rôdeurs pouvaient bien passer et repasser, je me disais : « Brice est là, tout va bien. » Et de plus, vous avez fait tout le travail... Aujourd'hui, je vous dis merci pour tout cela. Je ne l'avais jamais fait. Je vous dis merci, Brice. Vous allez faire votre tournée, comme d'habitude, et durant tout ce temps vous serez ici parce que lorsque Brice Gallet est à Vizentine, c'est chez Larmier qu'il mange et dort. »

Brice releva la tête, sourit, regarda ailleurs. Ses yeux brillaient. Finalement, il dit d'une voix rêche :

« Je resterai demain... On verra... Je vous suis reconnaissant, Thomas, pour...

– Alors, on va rentrer, dit Thomas, bourru. Et boire un verre, et ne plus parler de tout cela. Voilà ce qu'on peut faire de plus intelligent un dimanche soir : s'installer au bout d'une table et boire un verre. Pas vrai ? »

Brice sourit encore. Il sortit sa main gauche de sa poche et se frotta le nez, ouvrit la bouche comme s'il allait parler, mais finalement ne dit rien.

« Pourquoi est-ce que tu es avec Brice ? » demanda Simon.

Tilix ouvrit des yeux ronds, jouant la surprise, et il exagéra l'écarquillement démesuré de ses yeux.

« C'est défendu ? » renvoya-t-il.

Il y avait sous les paupières de Simon la brillance d'une colère qui ne tiendrait pas, si chaude fût-elle; une colère brûlante qui se consumait elle-même, et qui bientôt claquerait en larmes. Tilix connaissait suffisamment Simon pour le savoir, le deviner; son attitude s'adoucit dans la seconde. Il fit quelques pas qui le menèrent au talus, s'assit dans l'herbe. Après un instant d'hésitation, Simon le rejoignit, mais resta, lui, planté sur ses jambes.

Tilix cueillit un brin d'herbe et se mit à l'effilocher entre ses ongles.

« Où est-ce que vous avez été ? » demanda Simon d'une voix qui tremblait un peu.

Tilix leva les yeux et dit :

« Chez Paul, sur le chemin du ballon. »

Comme Simon se mordillait les lèvres en silence, Tilix continua calmement, doucement :

« Je serais bien venu ici, avec toi, mais je me suis dit que tu ne serais pas là. Comme samedi... Je croyais que tu serais avec Brice, quelque part dans la forêt, aux champignons, je ne sais pas... »

Simon baissa les yeux.

« C'est pour samedi, que tu dis ça, hein ? Je n'ai plus pensé à ce qu'on avait dit... »

Un petit sourire flotta sur les lèvres de Tilix.

« J'ai vu, dit-il. Je me suis dit qu'aujourd'hui tu ne penserais pas non plus... Alors, je suis allé chez Paul, comme d'autres dimanches, pour requiller au jeu. Brice était là-haut. »

La colère et cette lumière farouche qui dansait dans l'œil de Simon s'étaient envolées. Il s'assit à côté de Tilix. Lui aussi cueillit un brin d'herbe, l'écrasant à petits coups entre ses ongles.

« Qu'est-ce qu'il a, Brice ? interrogea-t-il. Qu'est-ce que vous avez tous les deux ?

– Il y a eu de la bagarre », dit Tilix.

Il avait l'air mystérieux et grave à souhait, n'en dit pas davantage, laissant la bouche et les yeux de Simon s'agrandir lentement.

« De la bagarre ? dit Simon après un temps. Pourquoi ? Qui est-ce qui s'est battu ?

– Tous ceux qui étaient là, dit Tilix. Grand Bébert, et Sénéchal, Bottier, les deux frères Grandgiraud.

– Pourquoi ? »

Tilix haussa négligemment une épaule. Il faisait des efforts pour conserver un certain flegme, mais on sentait bouillir en lui, rétrospectivement, l'excitation de cette aventure vécue.

« Ils ont ennuyé Brice, dit-il.

– Qui ? »

Le mot avait jailli de la gorge de Simon, comme un vrai cri déchiré.

« Sénéchal, et puis Grand Bébert. Ils se sont moqués de lui parce qu'il n'avait pas fait la guerre, et puis aussi à cause de Maria Botteron.

– Pourquoi ? souffla Simon. Pourquoi à cause de Maria Botteron ? »

Tilix haussa une épaule.

« Je ne sais pas vraiment. Ils disaient que Brice devait se marier avec elle..., mais ça ne s'est pas fait. Je ne sais pas.

– C'est des mensonges, dit Simon. Je suis sûr que c'est pas vrai.

– En tout cas, Brice n'a rien dit. Et il ne s'est même pas défendu, quand Sénéchal lui a tapé dessus !

– C'est pas vrai ! » cria Simon.

Il était pâle. Deux vilaines petites taches roses au milieu des pommettes.

« C'est pas vrai ! Pourquoi Brice ne se serait pas défendu, hein ? Pourquoi il se serait laissé taper ?

– Est-ce que je sais ? Peut-être qu'il est trop vieux, ou qu'il ne sait pas se défendre ? Il est resté par terre, et c'est les deux Grandgiraud qui sont venus à son secours. Même qu'Anicet a tapé sur Grand Bébert avec une boule de quilles ! Paf ! en pleine figure ! et...

– C'est même pas vrai, dit Simon sourdement.

Tu dis ça pour faire le malin, mais je le raconterai à Brice, et on verra ! Je lui dirai ! »

Tilix jeta un coup d'œil du côté de la maison, comme s'il craignait de voir surgir la grand-mère ou la mère de Simon, attirées par les glapissements de ce dernier.

« Tu peux lui raconter, dit-il. C'est vrai.

– Brice sait se battre, gronda Simon, sur un ton plus bas et sourd. Il est allé partout, et il s'est battu, souvent. Contre des bêtes sauvages et des Indiens, oui, monsieur ! »

Toutes les histoires de Brice étaient là, qui le prouvaient, surgies pêle-mêle dans sa mémoire ! Et il était de taille à les raconter toutes, les unes après les autres, alignant mille preuves du courage de Brice, de son savoir-faire en matière de bagarre et de courage ! Il aurait pu les raconter sans omettre le moindre détail, et cela aurait pris toute la nuit...

Mais Tilix sourit.

Un petit sourire de rien, sur un coup d'œil vague et un mouvement de la tête.

Un petit sourire absolument terrible, comme de la glace, comme une vague de froid.

Cette froidure mordante se glissa sous la peau de Simon, profondément. En moins d'une seconde, la glace était au cœur, et il dut résister de toutes ses forces pour empêcher la brisure de quelque chose de très important, pour repousser au loin ce cataclysme dont il pressentait la méchante haleine.

« Parfaitement ! dit-il d'une voix chavirée.

– C'est ce qu'il dit, oui », admit Tilix.

Pendant un bref instant, la vue de Simon se brouilla. Le souffle glacé qui tournoyait en lui le figeait, le déchirait, large blessure immobile. Il regardait les doigts de Tilix qui s'acharnaient sur un nouveau brin d'herbe.

Lorsque le sol redevint stable, que sa vue, de nouveau, fut claire et précise, Simon leva les yeux et les posa sur Tilix. Il dit :

« Va-t'en. »

Tilix parut étonné. Ses doigts s'immobilisèrent.

« Va-t'en », répéta Simon d'une voix creuse, blanche.

Tilix se leva, demeura une seconde, bras ballants, avec toujours ce morceau d'herbe qui pendait entre deux de ses doigts.

« Ce n'est pas moi, dit-il. C'est tout le monde..., tout le monde le dit. Il aime bien parler, et il... Après-midi, si les frères Grandgiraud n'avaient pas été là, il serait en charpie !

– Va-t'en ! » cria Simon.

Il y avait dans ses yeux une telle somme de colère et de désespoir mêlés que Tilix recula. Recula d'un pas, de deux pas...

« Ecoute, Simon...

– Va-t'en ! »

(Va-t'en, Tilix ! emporte tes mensonges ! ta jalousie ! parce que Brice est mon ami, et qu'hier je n'ai plus pensé à cette promenade à la Grande Poudrière, voilà tout ce que tu trouves à dire, à faire ! Sauve-toi, Tilix, avec tes mensonges ! Sauve-toi vite ! Vite !)

Tilix, sur le chemin, eut un geste malheureux des deux mains. Et puis, après avoir encore hésité pendant quelques secondes, après une série de regards suppliants en direction de la maison, il tourna finalement les talons et s'en fut en courant.

Un peu plus tard, Brice et Papa qui revenaient de derrière la maison trouvèrent Simon assis dans l'herbe.

Le visage de Brice paraissait délivré d'un certain poids de tracas

« Tilix est parti ? » demanda Papa.

Simon acquiesça, d'un balancement de tête.

Une ombre pâle coula sur le regard de Papa. Il échangea un rapide coup d'œil avec Brice, puis il dit :

« Allez, viens, Simon. Il faut rentrer, maintenant. »

Simon se leva et les suivit.

Chapitre 9

De la cuisine montait le bourdonnement d'une conversation lente, avec parfois de longues pauses.

Plus d'une fois, Simon fut sur le point de s'endormir, en dépit de tous ses efforts, c'étaient précisément les silences soudainement installés qui empêchaient l'engourdissement. Ses yeux s'étaient peu à peu habitués à la pénombre épaisse de sa chambre, suffisamment pour distinguer la tache claire que faisait, dans un angle, le lit de Licette. A cet endroit palpitait la respiration calme de la petite fille.

Du dehors, par la fenêtre entrouverte, les chants des grillons semés dans les replis de nuit venaient danser dans les oreilles de Simon.

Il avait chaud, dans le lit moite.

Le silence s'était installé depuis un certain

temps, dans la pièce voisine. Simon se dressa sur le lit et, l'oreille attentive, écouta.

De nouveau, la voix basse de Papa bourdonna, pour dire quelques mots – et, immédiatement, on entendit des chaises racler le sol, des pas. Puis, par-delà le souffle suspendu de Simon, ce fut le grincement caractéristique de la porte du dehors que l'on ouvrait, le murmure brouillon d'une ou deux phrases, encore, et la porte refermée.

Simon relâcha doucement sa respiration bloquée.

Il entendit encore le pas de Papa, dans la cuisine, le bruit d'un goulot de bouteille choquant le bord d'un verre. Silence. Trois ou quatre toussotements. Un raclement de gorge. Un autre bruit, guère plus haut que les zizillements des grillons, et qui pouvait bien être celui d'un souffle sur le tube de verre de la lampe à pétrole. Ensuite, ce fut une porte – la porte de la chambre de Papa et Man – que l'on ouvrait et refermait précautionneusement.

Dans le silence véritablement installé, Simon soupira. Il compta mentalement jusqu'à cinquante, puis de nouveau jusqu'à trente-deux – et, ne pouvant résister plus longtemps, repoussa les draps de son lit. Le sol était frais, sous ses pieds nus.

Il trouva sa culotte, posée sur la chaise, et l'enfila sur sa chemise de nuit. Toujours pieds nus, Simon marcha jusqu'à la porte et s'immobilisa. Il compta de nouveau jusqu'à trente, avant de soulever le loquet.

Trois minutes plus tard il avait traversé la cuisine. La porte du dehors n'était pas fermée à clef, mais elle grinçait de terrible façon si l'on dépassait un certain angle d'ouverture. Simon prit tout son temps, redoubla de prudence. Il entrebâilla le battant, juste ce qu'il fallait pour permettre à son mince corps de passer dans l'ouverture. La fraîcheur du dehors l'empoigna aux épaules et le fit frissonner.

Au pied de l'échelle qui menait au grenier à foin, Simon hésita un instant. Un court instant. Puis il grimpa.

« Brice », appela-t-il.

Le grenier était sombre, comme un gouffre profond duquel débordaient les odeurs piquantes du foin sec.

« Brice », appela Simon, un peu plus fort.

Un bruit de foin froissé s'éleva sur la gauche, et Simon aperçut une silhouette blême qui se dressait.

« Oui ? » dit la voix de Brice.

L'enfant acheva d'escalader l'échelle, se fraya un chemin dans le foin. Il se laissa choir près de Brice.

« C'est moi, dit-il.

– Eh bien ! dit Brice. Qu'est-ce que tu fais là, petiot ? »

Il faisait trop sombre pour que l'on puisse distinguer nettement les traits de son visage, mais on devinait sa surprise au ton de la voix. Il avança une main qui se posa, l'espace d'une seconde ou deux, sur l'épaule de Simon.

« Je voulais te voir », dit Simon.

Il n'en dit pas davantage. Les mots, les phrases qu'il avait préparés mentalement quelques instants auparavant se bousculaient maintenant dans sa tête, refusant de s'aligner en ordre. Il aurait voulu s'en aller. Se lever et courir.

Le silence pesant ne faisait que renforcer son désir de fuite, de seconde en seconde. Puis Brice dit :

« C'est Tilix qui t'a parlé, pas vrai ? »

Et toute gêne quitta Simon dans l'instant, sur ces quelques mots prononcés dans un souffle. Un énorme soulagement coula en lui, ouvrant grandes les portes au désarroi caché.

« Il m'a dit qu'ils t'avaient battu, dit-il sur un ton proche du sanglot. Il me l'a dit.

– Allons, petiot... Ce n'est pas bien grave, tu sais. Il vaut mieux, dans certaines occasions, ne pas faire trop attention à ces choses-là. Cela n'a pas vraiment beaucoup d'importance...

– Ils t'ont jeté par terre ?

– Oui... je suis tombé par terre. Mais tout autant parce que j'avais trébuché que parce qu'ils m'avaient poussé...

– Mais ils t'ont donné des coups de pied, et tu n'as rien fait ? Tu ne t'es pas défendu ? »

Brice bougea dans le foin. Il dut s'asseoir confortablement, ou quelque chose d'approchant. Simon crut voir sourire ses yeux.

« Ecoute, dit Brice. Qu'est-ce que tu vas te mettre dans la tête ?... Je vais te raconter, moi. On était en train de jouer aux quilles, et ces gaillards sont arrivés. Tu sais, ils étaient soûls. Et même nous, peut-être que nous avions un peu trop bu, avec cette chaleur... Bon. Ils se sont mis à nous lancer des plaisanteries. Sénéchal, surtout... Qu'est-ce que tu veux dire à un manchot, hein ?

– Bien sûr », dit Simon.

Le malaise, au fond de lui, se dissolvait. Il suffisait que Brice parle, qu'il raconte, *lui,* l'histoire, pour que tout prenne une autre couleur, pour que, de sombre et triste que c'était dans la bouche de Tilix, cela devienne lumineux...

« Et puis voilà, ils m'ont poussé... et je ne sais pas comment cela s'est passé, mais toujours est-il que je me suis retrouvé le cul par terre. Et je n'ai eu le temps de rien faire, je te le dis. D'abord, j'étais bien trop surpris, et puis, encore une fois, que faire de sérieux pour essayer de calmer ce manchot complètement soûl ? De toute façon, je n'ai pas eu à chercher : les deux Grandgiraud étaient entrés dans la danse, et en moins de temps qu'il n'en faut pour le dire, Grand Bébert avait ramassé un coup de boule terrible. Je n'étais pas encore tout à fait debout que c'était déjà fini... Alors, tu vois, ce n'était pas bien grave... »

Simon se sentait chaud, plein de forces. Très excité.

« Qu'est-ce que tu aurais fait, si tu avais eu le temps ? » demanda-t-il.

Brice eut un soupir bruyant, un geste vague des deux mains.

« Facile. D'abord, j'aurais essayé d'éviter Sénéchal, parce que ce n'est pas mon genre de me battre avec un manchot. Même ivre et agressif comme il l'était. Sûr que je me serais occupé de Grand Bébert. Ce grand veau fait beaucoup de bruit, mais au-delà... Il suffisait d'une prise ou deux.

– Tu connais des prises de lutte ?

– Bien sûr que j'en connais. Je ne m'en sers qu'en dernière extrémité – parce que c'est toujours idiot de se battre – mais j'en connais. »

Simon se tut un instant, imaginant ce que pouvaient être ces prises. Il revoyait les deux lutteurs qui s'étaient installés sur la place de l'église, un dimanche, l'année dernière. Et il imaginait Grand Bébert mordant la poussière...

« Ils t'ont ennuyé parce que tu n'avais pas fait la guerre ? demanda-t-il à brûle-pourpoint.

– C'est un peu ça, oui, dit Brice après un temps. Sénéchal a perdu un bras dans les tranchées de Verdun... et il ne comprend pas que cela lui soit arrivé à lui, et pas à tout le monde, j'imagine.

– Pourquoi est-ce que tu n'as pas fait la guerre ?

– Je te l'ai déjà dit, petiot. Ce n'était pas mon affaire. On dit que c'est l'affaire de tous, dans un pays, surtout quand il faut se défendre... mais, moi, je n'arrive pas à me mettre dans la tête ce qu'est un pays. Et je dis que la guerre ce n'est pas mon affaire. Que ça ne devrait être l'affaire de personne... La guerre..., ça prend les parents des petits enfants, quand ça n'emporte pas les enfants aussi. Je le sais. S'il n'y avait plus de pays, et rien que des hommes qui pensent que la guerre ce

Il revoyait les deux lutteurs.

n'est pas leur affaire, eh bien, il n'y aurait plus de guerre.

– Oui, mais quand même : quand on est attaqué...

– Halte-là, petiot ! Il n'y aurait plus d'attaquant non plus... Ceux qui veulent les guerres, ce ne sont jamais ceux qui s'y font tuer, gamin. Pas plus que ceux qui les provoquent et qui se trouvent à l'origine d'événements qui font que la guerre éclate...

– Qu'est-ce que cela veut dire ?

– Tu es encore petit, Simon. Qu'est-ce que tu vas te creuser la tête avec ça ?... Et puis je n'aime guère parler de ces choses... Tu devrais retourner te coucher. »

Simon acquiesça en silence. Mais il ne bougea point. Il demanda, après un moment de silence :

« Ils t'ont ennuyé aussi à cause de Maria Botteron ? »

Dans la pénombre, le regard pesant de Brice se posa sur l'enfant.

« Tilix me l'a dit, avoua Simon.

– J'avais compris, oui... Tilix t'a dit beaucoup de choses. »

Simon n'eut pas le courage d'avouer. De dire que oui, que Tilix avait même osé quelques terrifiantes accusations.

« Il m'a dit que vous vous étiez battus à cause de la guerre et de Maria Botteron.

– Oui », dit Brice.

Cassant le nouveau silence, Simon demanda :

« Pourquoi, à cause de Maria ? »

Brice eut un long soupir.

« Tu es un peu petit...

– Non ! C'est toujours ce que tu dis !

– C'est vrai, admit Brice, sur un drôle de ton. J'imagine que ce n'est pas une manière de s'en tirer, hein ?... Je vais te dire... Il y a une vingtaine d'années de ça. Bigre, oui..., vingt ou trente ans, je ne sais même plus. Enfin, j'étais bien plus jeune. J'étais... C'est ça, j'étais jeune... Et, un soir que j'étais dans ce village, je me suis retrouvé au Café Maurice, avec d'autres. Il y avait le Grand Bébert, déjà, mais tout jeunot, bien entendu. Et puis d'autres... C'était un de ces soirs où l'on n'a guère envie de bouger, et où on se trouve bien avec des amis, devant un verre de vin, tu comprends ? Je ne vais pas essayer de faire le brave ni le modeste, et j'imagine que tous avaient pas mal bu. Moi comme eux. C'était déjà tard dans la nuit... »

Brice se tut un petit instant et soupira.

« Alors ? dit Simon.

– Alors, à un moment, ils se sont mis à se taquiner entre eux, puis à me taquiner, moi. Il arrivait toujours un moment où ils me taquinaient – peut-être parce qu'ils savaient que je ne prenais pas la chose trop à cœur, je ne sais pas. Alors, voilà, ils se sont mis à me taquiner parce que je n'étais pas marié.

– Grand Bébert non plus n'est pas marié.

– Oui... Mais ce n'est pas pareil. Moi, si tu veux, ils ne m'avaient jamais vu en compagnie... Enfin ! Je n'ai jamais été très malin, je dois le dire, pour parler aux femmes, tu comprends ? »

Simon se creusa la tête un petit instant, et il se vit, lui, lorsqu'il essayait de s'échapper des filets lancés par Licette. Il n'était pas tout à fait certain que cela corresponde à ce que voulait dire Brice, mais au hasard il dit que oui, il comprenait. Brice continua :

« Je n'étais pas très malin, de ce côté, je l'avoue. Alors, ils se sont mis à me parler d'une fille à marier, qui soi-disant ne rêvait que de moi, et tout... Ils m'ont mis au défi d'aller la demander en mariage, voilà. Et moi, le vin aidant... Je n'ai pas voulu avoir l'air bête, si tu veux... J'ai dit que quand je voudrais, ce serait fait... »

La voix de Brice coulait dans la nuit, sur un ton bas et doux, comme s'il parlait davantage pour lui seul que pour l'enfant attentif assis devant lui, dans le foin craquant.

« Et puis ? pressa Simon.

– Oh ! ma foi... Dans le petit matin, nous sommes sortis du café. Ils m'ont même fait un bout de conduite sur le chemin de la maison Botteron...

– Alors, dit Simon, elle n'a pas voulu se marier ? »

Une sorte de petit rire fatigué secoua faiblement les épaules de Brice.

« Ce n'est pas cela, dit-il. J'avais un peu trop bu, et il faisait encore nuit. Je me suis perdu... J'ai marché, et je me suis perdu, sans avoir découvert la maison. Je me suis retrouvé de l'autre côté du Ballon, sans savoir comment... Voilà, c'est ça, l'histoire. C'est assez drôle, remarque bien... L'année d'après, lorsque je suis revenu ici, les gens disaient : « Brice Gallet aurait pu se marier, mais « il s'est trompé de chemin. »

– Et puis tu n'es jamais allé voir Maria Botteron ? Après, tu n'es jamais allé la voir ?

– Eh bien, non, petiot... Qu'est-ce que j'aurais pu lui dire ? Lui raconter cette plaisanterie ? Cela n'aurait guère été gentil, tu ne trouves pas ? Lui dire que sur un pari... Et puis je n'étais pas homme à me marier, voilà. Je suis un voyageur... »

Il y avait eu, dans la tête de Simon, comme une sorte de déclic. C'était né sur les paroles de Brice, sur certaines de ces paroles qui coulaient comme eau de source, et sur d'autres, trébuchantes, malhabiles, peut-être aussi sur toutes celles qu'il n'avait pas prononcées.

« Mais maintenant, dit-il, tu sais où elle habite... L'autre fois, aux champignons, c'est près de la maison que nous nous sommes arrêtés...

– Oui, maintenant, je sais, petiot.

– Tu as encore peur ? Tu ne sais toujours pas comment dire ?

– Penses-tu, petiot ! Maintenant, je suis un vieux bonhomme, et j'ai vu suffisamment de...

– Alors, lança Simon, tout excité soudain, tu pourrais y aller et lui parler, non ? Et moi, je suis certain qu'elle serait contente... Tu sais, Maria est toute seule, là-haut, maintenant. Elle était avec son frère, mais il n'est pas revenu de la guerre. Moi, je crois qu'elle est gentille... On l'a rencontrée plusieurs fois dans le bois; elle y cueille des plantes, ou bien ramasse des fagots. Et puis, quand elle est bien habillée, à la Toussaint pour aller au cimetière, elle a l'air moins vieille, c'est vrai.

– Il faudrait bien que tu ailles te coucher, Simon.

– Mais tu pourrais y aller, non ? Tu pourrais lui parler ?

– Bien sûr, dit Brice. Bien sûr.

– Et alors, ce serait bien. Tu aurais ta maison, et puis tu resterais toujours ici, Brice. Et même Grand Bébert ou les autres ne pourraient plus rigoler, ou t'embêter avec ça !

– Bien entendu », dit Brice.

Il souriait. A moins que l'ombre ambiante ne transformât une certaine grimace en quelque chose de gai...

« Tu iras demain ? Hein, dis, Brice ? Tu iras demain ?

– Mon Dieu, c'est possible...

– Tu n'as pas encore peur, hein ?

– Ça, dit Brice, tu peux être certain que non, petiot... Maintenant, file. Tu ne pourras pas te réveiller demain. Dépêche-toi. »

Simon se leva. Il se coula vers les portes ouvertes sur la nuit, se retourna.

« Brice.

– Oui, petiot ?

– Je suis bien content d'être venu.

– Oui. Moi aussi, je suis content que tu sois venu.

– C'est vrai ?

– Bien sûr que c'est vrai. »

Simon descendit trois barreaux de l'échelle. S'arrêta.

« Brice...

– Hein ?

– Alors, tu iras demain, hein ?

– Je pense que... Je pense que oui. Va vite. »

Simon descendit les derniers barreaux de l'échelle, sauta à terre. La fraîcheur de la nuit coula le long de son dos. Il se prit à penser que c'était peut-être trop frais, justement, pour une vraie nuit d'août.

Longtemps plus tard Brice était toujours assis dans le foin, les yeux sur le carré de nuit que découpait la porte béante.

Chapitre 10

Simon se trouvait à cet endroit précis où ils s'étaient arrêtés pour parler, avec Brice, deux jours auparavant. Le tapis d'aiguilles de sapin était doux, odorant. Le soir rosissait la cime des grands arbres. Des taons gris, ainsi que de petites mouches folles, voletaient autour du visage de Simon, certainement attirés par la sueur qui perlait sur son front et ses tempes, collant sa chemise au creux de ses épaules.

La course à travers bois l'avait sérieusement essoufflé; là, écroulé sous les petits sapins depuis trois ou quatre minutes, il n'avait pas encore retrouvé le rythme normal de sa respiration. Il sentait battre le sang dans ses veines, des orteils au cuir chevelu..., et la cadence des battements semblait psalmodier : « Il ne viendra pas - il ne viendra pas - il ne viendra pas... »

D'un revers de main, Simon essuya la sueur qui emperlait ses sourcils. Entre les basses branches des petits sapins et les feuilles dorées, presque transparentes, des noisetiers qui bordaient le chemin en contrebas, il apercevait juste la façade de la maison. Pas complètement. Mais il voyait la porte, une fenêtre. Et puis un morceau de hangar, là où, peut-être, Maria Botteron entassait ses fagots pour l'hiver.

« Il ne viendra pas - il ne viendra pas - il ne viendra pas... »

« Mais il l'a dit, murmura Simon. Il a pris le chemin... »

Du fin fond de sa tête, plus loin que les bourdonnements de sang chaud qui lui battaient aux oreilles, une voix moqueuse monta, une voix qui chanta : « Il a pris le chemin, et ce n'est pas la première fois... »

Les doigts rageurs de Simon, plantés dans l'humus, arrachèrent une poignée d'aiguilles et de terre noire.

Ç'avait été une curieuse journée. Curieuse, en raison même du manque d'originalité de ces heures qui coulaient les unes après les autres, comme n'importe quelles heures d'un autre jour. Pourtant, Dieu sait que Simon s'attendait à quelque chose de différent – quelque chose de neuf, dans l'attitude ou les propos de Brice, qui l'eût définitivement rassuré, nourri d'une force sans pareille. Ne pouvait-on s'y attendre, après les événements de la veille ? Après ces confidences qu'ils avaient échangées, Brice et lui, dans l'ombre du grenier à foin ?...

Au premier bruit donnant signe de vie dans la cuisine, Simon se leva d'un bond, s'habilla.

Brice était là, debout devant la fenêtre, buvant le contenu d'un bol de café noir. Il avait ses deux chapeaux sur la tête, son manteau et sa musette grise. Papa et Man, assis chacun à un bout de la table, levèrent un œil étonné. Et Simon traversa la cuisine en quelques enjambées, se planta devant Brice et dit :

« Je vais avec toi. Je fais la tournée avec toi, tu veux bien, dis ? »

Brice eut un sourire fragile, dans les boucles de barbe grise.

« Il faudrait peut-être demander ce qu'en pense ton papa, non ? »

Papa avait dit oui.

Et Simon avait suivi Brice, et il avait passé la journée avec lui. Il était allé de maison en maison, dans le village, et puis sur les écarts. Avec Brice, il s'était retrouvé à la table des Perlin, sur les hauteurs du Mont-du-Lait, aux alentours de midi. Ensuite, ils avaient repris la marche.

Dans la matinée, Brice avait vendu plusieurs cartons de boutons, une demi-douzaine de bobines de fil à repriser, ainsi que quatorze jeux d'aiguilles. Il devait estimer avoir largement gagné sa journée, car l'après-midi fut beaucoup plus décontracté. Ils mirent plus d'une heure et demie pour redescendre du Mont-du-Lait, sans compter cette autre demi-heure qu'ils gâchèrent à cueillir – et manger – des brimbelles*.

Brice n'avait guère parlé. Ou alors, ç'avait été pour lâcher trois ou quatre mots, à propos de n'importe quoi. Simon lui-même s'était montré beaucoup moins bavard qu'à l'ordinaire. Pas une seule fois il n'avait lancé la phrase miracle qui commençait par : « Brice, tu me racontes... » Pas une seule fois. Simon attendait. Et peut-être que Brice attendait également...

Ils avaient comblé l'après-midi avec quelques visites aux trois ou quatre maisons qui terminaient le village. La sirène de l'usine avait marqué cinq heures, et la fin d'une journée de travail.

« Eh bien, voilà, avait dit Brice. Si nous remontions... »

Simon fut incapable de résister davantage :

« Brice, tu m'avais dit... »

Il ne vit pas le visage de Brice, car l'homme, à cet instant précis, regardait du côté de la montagne.

« Brice...

– Bien sûr, dit Brice. (Et il regardait l'enfant, il souriait.) Bien entendu. C'est ce que je voulais dire... »

Le cœur de Simon battait haut, celui de Brice cognait probablement tout aussi fort. Sans échanger une parole, ils étaient montés côte à côte vers

* Myrtilles.

la forêt, puis avaient pénétré sous le couvert ombragé des grands arbres. Encore quelques minutes, et ils avaient trouvé le chemin de la maison Botteron.

Brice s'était arrêté. A cet endroit, plusieurs arbres avaient été déracinés par une lointaine tempête d'automne; leurs souches monstrueuses pointaient comme autant de bras suppliciés vers une déchirure de ciel bleu.

« J'aimerais mieux y aller tout seul, avait dit Brice. Tu peux m'attendre ici. D'accord ?

– D'accord... »

Simon s'était assis, sur le bord du chemin. Il n'avait pas bougé, jusqu'à ce que Brice disparaisse, derrière le premier virage du chemin. Ensuite, il avait mentalement compté jusqu'à cinquante, très lentement... Puis il s'était dressé, et il avait couru. A travers bois, au plus court, le plus vite possible..., jusqu'à cette cachette, sous les sapins, d'où il pouvait, sans être vu, surveiller la maison au creux de la petite clairière.

« Il ne viendra pas - il ne viendra pas... »

« Mais non, se disait Simon, pour combattre la petite voix mauvaise. Il ne marche pas vite, et le chemin est long. »

En réponse, montait une autre voix, celle de Tilix qui disait : « Tu verras, Simon. Tu verras... Tout le monde sait ce que vaut la parole de Brice, au village... Brice qui parle, parle... »

Un chien, soudain, lança une guirlande d'aboiements féroces dans le silence doré. Simon sursauta. Il se tordit le cou, sous les sapins, de façon à bien distinguer le devant de la maison. Il ne voyait pas le chien, qui devait être attaché derrière le hangar. La porte de la maison s'ouvrit, et la silhouette d'une femme, en longue robe grise, apparut. Elle demeura sur le seuil, cria quelque chose au chien, qui se tut immédiatement. Elle regardait vers le chemin, tout en essuyant machinalement ses mains dans un coin de son tablier.

Le cœur de Simon bascula dans sa poitrine lorsque Brice pénétra dans ce petit espace couvert par son regard, et creusé dans les feuilles tremblantes des noisetiers.

C'était comme si ses jambes avaient ralenti d'elles-mêmes. Dans sa poitrine, sous le tricot de corps, sous la chemise et le gilet, sous la veste, le manteau, le cœur de Brice cognait sourdement.

Elle était là, sur le pas de la porte, et s'essuyait machinalement les mains dans un coin de son tablier. Longue silhouette fine, élancée, qui conservait en dépit de l'âge (l'âge ? quel âge ?) une indéniable sveltesse. Elle regardait s'approcher l'homme; son regard était sévère.

(Bien sûr. A vivre seule, ici, dans cette forêt... Est-ce qu'elle te connaît Brice ? Est-ce qu'elle a déjà entendu parler de toi ? et de cette pauvre plaisanterie d'il y a trente ans, de cette histoire qui te colle à l'âme et au cœur... Brice, est-ce que tu crois...)

Brice arriva à hauteur du hangar. Il distinguait maintenant son visage, et le trouva agréable au regard. Un visage qui avait dû, jadis, être d'un ovale parfait, un teint qui avait dû être d'une blancheur de lait, des yeux... Mais, si le teint avait cuit au soleil et sous le vent, c'était bien. Si la ride avait quelque peu malmené cet ovale trop lisse, c'était bien.

(Il y a longtemps..., si longtemps, pas vrai, mon vieux Brice ? Combien d'années que le pas te ramène toujours sur ce village-là ? Et puis ici, sous le couvert des sapins, pour simplement regarder la maison, et attendre qu'elle sorte, elle ? La regarder, sur un petit bout de cour, aller et venir, porter le panier de bois que tu aurais pu porter, toi, marcher vers le jardin que tu aurais pu bêcher, toi... La regarder, Brice, en écoutant glisser le vent des années mortes comme des feuilles mortes; la regarder sans trouver cette force d'oser qui ne s'est jamais laissé apprivoiser... Bon Dieu, Brice...)

Brice eut un mouvement de la tête. Il retira, d'une main qui tremblait un peu, son chapeau cabossé, sa casquette. Il dit :

« Bonsoir, madame. »

Une ombre douce coula sur les yeux noirs de Maria. Elle hocha lentement la tête.

(Et c'est arrivé, Brice... C'est arrivé, enfin, parce qu'un gamin t'a mis au pied du mur – quoique... Même pas. C'est arrivé parce qu'un gamin qui aime trop les histoires... Bon Dieu, Brice, retiens bien ce moment-là. Ce sacré moment que tu es en train de vivre. Toutes les secondes qui coulent, qui coulent en ce moment... Même si ça ne doit être qu'un moment, un moment de rien : écoute-le, Brice, déguste-le, par petits bouts, par petites miettes – et ne va pas faire l'idiotie de l'avaler goulûment pour en être plus vite délivré. Même si ça fait mal, un peu, même si c'est amer... Brice, par pitié, ne va pas tout gâcher...)

« Je suis Brice, Brice Gallet. »

Elle le regardait, et bien qu'ayant cessé de s'essuyer conservait ses mains cachées dans le coin du tablier. Son regard n'avait pas changé – et peut-être, après tout, n'avait-elle jamais entendu parler de lui ?

(Des années... Des années, Brice, à imaginer ce que la vie aurait pu être, si tout s'était passé comme cela se passe dans les rêves, derrière les excuses et les tentatives d'explications miteuses. Des années, et chaque nouvelle saison chaude te ramène au village, dans ce village-là... Oui. Même la guerre. Bon Dieu, la guerre. Un an complet, dans la ferme Larmier, parce que la ferme était la plus proche maison voisine de *celle-ci.* Pourtant, ici aussi l'homme était absent, et ce n'était pas un mari. Un frère. Un frère jamais revenu... Tout ce temps, Brice... Ce temps pour rêver, dans une vie pour rêver. Il a simplement fallu qu'un petit garçon...)

« Brice Gallet, dit-il. Je ne suis pas du village, mais je le connais bien. Et tous me connaissent. (Voyons, Brice ! dans quoi est-ce que tu t'élances ? Et comment vas-tu pouvoir tout dire en quelques

Maria eut un sourire.

phrases...) Je vends des aiguilles, du fil, des boutons. »

Maria eut un sourire rapide (Souviens-t'en, Brice ! par le Ciel, ne l'oublie jamais ! Un sourire de cette femme-là qui ne doit pas sourire souvent, et pour toi, pour toi, là, tout seul en face d'elle !), un petit hochement de la tête. Une mèche de cheveux gris échappée du chignon caressait son épaule.

« Non, dit-elle. Merci, l'homme. Mais je n'ai besoin de rien.

– Des boutons-pression...

– Ni de fil, ni d'aiguilles, ni de boutons-pression. Je vous l'ai dit, l'homme, je n'ai besoin de rien... »

Elle recula d'un pas, comme pour entrer dans la maison. Dit :

« Bonsoir, l'homme.

– Bonsoir, s'entendit prononcer Brice. Peut-être à une autre fois ?

– J'ai ce qu'il me faut, dans ces affaires-là », dit Maria.

Elle pénétra dans la maison, repoussa la porte.

Debout dans la cour vide. (Ne reste pas là, Brice, comme une espèce de bûche morte !) Il remit sa casquette, son chapeau. Tourna les talons, et reprit en sens inverse ce chemin qu'il n'avait pas su trouver, un jour de jeunesse, qu'il avait rêvé au fil des ans qui courent vers l'hiver..., ce chemin qu'il avait parcouru jusqu'au bout, un jour pourtant, et que jamais plus, maintenant, ses pieds ne fouleraient. Jamais.

(Ne te dépêche pas, Brice ! Pour le souvenir, et les rêves de demain, Brice ! Ecoute, pour te souvenir de sa voix... Ne va pas trop vite, et n'oublie ni le ton de sa voix, ni ses yeux, ni cette mèche de cheveux gris, ni les mains qui froissent le tablier... Combien de temps, Brice ? Et est-ce que le temps coule toujours de la même façon ? Trente secondes ? Plusieurs minutes ?... Ne te retourne pas, Brice, même si tu la sens là, derrière le carreau, dans l'ombre d'un rideau qui tremble : ces images-là sont celles que laisse derrière lui n'importe quel rôdeur...)

Son pas, lourd, grondait sur les pierres du chemin. Et ses yeux clairs ne voyaient probablement rien de ce qui l'entourait. Brice Gallet, peut-être délivré d'un mal pour n'en être que plus empoisonné par un autre...

Simon était toujours là, sur le bord du chemin. Il se leva et se planta devant l'homme. Brice sourit.

Simon ne disait rien. Il était pâle, ses yeux trop noirs brillant comme des pierres dures.

« Ce sera pour une autre fois », dit Brice.

Simon ne répondit point. Il ne posait pas de question, ne bougeait pas. Il était là et regardait l'homme.

« Viens, dit Brice. Tu sais, j'ai appelé, appelé. Par Dieu, j'étais décidé, tu peux me croire. J'ai appelé... Mais rien. Rien que le chien. Personne. Et je ne... »

Il se tut. Les larmes avaient débordé des yeux de l'enfant, et coulaient sur ses joues pâles. Coulaient jusqu'aux coins de la bouche, qui se tordit pour jeter un mot. Un seul mot.

Et puis l'enfant fit volte-face, s'élança sur le chemin à toutes jambes.

Disparut rapidement.

Brice n'avait pas bougé. Bouche ouverte, les paupières plissées, il était là et regardait toujours cet endroit du chemin où avait disparu le gamin. Et ce sacré mot tournait dans sa tête, chargé de honte, de fiel, de rage et de véritable poison.

« Bon sang ! » souffla-t-il.

Ce n'était certes pas la première fois qu'on le traitait de menteur. Mais les autres, tous les autres, les autres du monde entier, cela n'avait pas d'importance. Et ils ne faisaient pas le poids d'un petit garçon de sept ans, aux yeux brouillés de larmes et au cœur bouillant de haine et de chagrin. Les autres du monde entier..., est-ce qu'ils existaient, seulement ?

Chapitre 11

Les jambes coupées, Simon se laissa choir dans les bruyères, en lisière de forêt. Une boule cuisante bloquait sa gorge et empesait son souffle démonté – et ce n'était pas dû à la course folle qu'il venait de mener à travers ronces et halliers. Ses jambes étaient couvertes de mauvaises zébrures, mais il se souciait peu de l'acide morsure de l'épine.

Son regard se brouilla un instant. Une vague buée de larmes, ou le simple voile passager de l'essoufflement ?

Il aurait voulu pouvoir pleurer, pleurer tout ce qu'il avait de chagrin en lui, pleurer, éclater en sanglots, et s'écrouler ici, dans les bruyères odorantes, dans cette nappe de violet que le couchant alourdissait encore... Mais il se sentait affreusement sec, vide, étranger au chagrin normal pour n'être qu'empli de colère. Une horrible colère, rage tremblante qui lui brûlait les doigts et le cœur.

Les prés devant lui descendaient doucement, traversés çà et là par les haies broussailleuses. Plus bas, c'était la maison, calme, silencieuse ; la maison, comme d'habitude, et la vallée, comme d'habitude, et le soleil, comme d'habitude, sur l'agonie d'une journée trop chaude. *Comme d'habitude !*

Se pouvait-il que le monde tourne encore, comme il tournait quelques heures – et quelques siècles – auparavant ? Que rien ne soit changé ? Cette colère n'était-elle réellement qu'une torture toute personnelle, qu'il devait dompter seul, sans que personne ni rien, alentour, en soit seulement dérangé, effleuré ?

Dans cette rage désespérée qui lui broyait le cœur tournaient la voix de Tilix, les paroles et le sourire de Tilix.

« Un menteur ! » cria Simon.

Il aurait voulu le crier bien plus haut encore, bien plus fort. Afin que tous sachent ! Tous, tout le monde, le monde entier !... Mais peut-être que le monde entier savait ? Peut-être qu'il était le seul, lui, à se laisser berner par un vieux vagabond menteur !

Il se releva. Titubant un peu, il se remit en marche.

Il se retrouva au pied de l'échelle de bois qui menait au grenier à foin. Une voix montait de la cour, devant la maison : Licette chantait cette rengaine qui lui venait naturellement aux lèvres lorsqu'elle s'ennuyait. Donc, Licette s'ennuyait, et, lorsqu'elle s'ennuyait, elle était fortement capable de se transformer en véritable poison.

« Surtout pas Licette ! » se défendit mentalement Simon. Il s'aperçut dans l'instant que la maison n'était certes pas le havre de paix qu'il aurait souhaité trouver. Au contraire. La maison lui était sinon hostile du moins parfaitement indifférente. Ni Papa ni Man ne pouvaient lui être d'aucun secours. Il faudrait qu'il raconte, qu'il avoue – qu'il parle.

Pour échapper à tout risque de rencontre avec Licette, il gravit les barreaux de l'échelle.

Il régnait sous les tuiles une chaleur parfaitement étouffante, chargée de cette poussière fine qui se collait à la sueur, grise et piquante. Simon se laissa tomber dans le foin – et se redressa immédiatement. La musette bleue de Brice était là, pendue par sa bretelle de toile au clou fiché dans une poutre.

« Laisse ça ! » recommanda une petite voix dans le crâne de Simon.

Mais Simon se coula dans le foin. En trois enjambées il se trouva devant la musette. Il la décrocha et, sans hésiter, l'ouvrit. Elle contenait deux livres, dont l'un, à la couverture molle en piteux état, ressemblait plutôt à un cahier très épais. Mais c'était un livre. Simon lut :

LE FLEUVE D'OR
Illustrations d'Honoré Boutelle
Collection Paul Duval
Elbeuf - Paris

« Ne l'ouvre pas ! » disait en lui un autre Simon, qui ressemblait encore, indubitablement, au Simon d'*avant*.

L'autre livre, à couverture cartonnée, s'intitulait :

AVENTURES AU TONKIN

Simon le laissa de côté et reporta son attention sur *Le Fleuve d'or.* Il l'ouvrit. Le papier était jaune, bordé de taches brunes sur le pourtour des pages. La première page de chaque chapitre était ornée d'un dessin. L'illustration du chapitre v représentait un homme, de dos, et en premier plan, appuyé contre une roche et épaulant son fusil. En fond, une silhouette d'Indien avançait dans l'ombre d'un sous-bois.

Et Simon fut à peine étonné de lire, en titre de ce chapitre v : LES CONSTRUCTEURS DE TERTRES.

Bien entendu, il connaissait cette histoire-là. L'histoire des constructeurs de tertres, mais aussi celles des monts Sugar-Loaf, des Troglodytes, de Nilca et du village indien, l'histoire de la Prairie, des bisons, des Kioways et de Tonnerre-qui-gronde, l'histoire des Comanches, des habitants des rochers, l'histoire du Fleuve d'or dans le lit duquel *Brice était allé chercher de l'or.*

Il savait. Il savait tout, car Brice avait tout raconté, et il racontait tellement bien !

Il retrouva Minno et Wampa, les guides indiens fidèles, et l'ours dans la caverne, à la page 15 chapitre II...

C'était là. La vie de Brice, tout le passé d'un grand voyageur ! Là dans les pages jaunies d'un vieux livre fatigué, au fond d'une musette de toile bleue.

Alors, enfin, les larmes jaillirent des yeux de Simon. Ce n'étaient plus des larmes de colère – plus tout à fait. Et ce n'était pas non plus la colère – pas rien que la colère – qui tremblait dans ses doigts, lorsque ceux-ci froissèrent et arrachèrent les pages, pour les éparpiller au hasard dans le foin. Pas seulement la colère... Chaque page déchirée tombait du cœur de Simon, comme s'ouvre une blessure.

La nuit était venue.

Il avait un peu froid.

Ici, là-bas, invisibles et partout, des grillons « grillonnaient ». D'où il se trouvait, dans le creux de la souche d'arbre déracinée, Simon pouvait apercevoir entre les gribouillages au ras de terre d'une lande de brimbelliers la petite lumière ronde qui tombait de la lampe, devant la porte de la maison. Un petit vent en baguenaude agitait la flamme de temps à autre, en dépit du verre protecteur.

Il retrouva Minno et Wampa.

Simon se tenait là, dans la nuit allongée. Il était assis sur l'humus fraîchissant, le menton posé sur les genoux relevés et les mains croisées sur ses jambes. Creux et nu, abandonné du monde entier. Même cette colère brûlante avait fui, la source des larmes s'était tarie... et une partie de Simon avait quitté Simon.

Il entendit les pas. Se raidit. « Si c'était Brice, je... » Si c'était Brice, quoi ? Ce n'était pas Brice – il reconnut immédiatement la silhouette qui grimpait, et sans comprendre il en éprouva du soulagement et de la déception mêlés.

La silhouette s'arrêta à quelques pas – elle savait où aller. « Pourquoi est-ce que je ne l'ai pas vu sortir de la maison ? » ragea Simon. Mais qu'aurait-il fait, alors ? C'était mieux ainsi..., même s'il ne se l'avouait pas franchement.

Il bougea un peu, fit juste ce qu'il fallait de bruit. La silhouette se remit en marche, s'arrêta à trois pas. Après un petit instant, l'homme s'assit dans les brimbelliers.

Thomas ne dit rien. Mais il fouilla ses poches, et Simon sut qu'il en sortait le carnet de feuilles à cigarettes et le paquet de tabac. Il entendit le tabac crisser sous les doigts de son père, sur le papier fragile. Sans qu'il puisse définir pourquoi exactement, ce moment-là l'envahit d'une onde chaude. Quelque chose de calme, de tranquille, qui coulait au fond de cet immense gouffre dans lequel il se débattait.

Thomas craqua une allumette ; la flamme soufrée illumina son visage pour quelques secondes.

L'homme s'assit dans les brimbelliers.

Il éteignit soigneusement l'allumette et la planta dans la mousse.

Le ciel, au-dessus d'eux, était immense. Posé comme un grand chapeau creux sur les sommets bossus.

Thomas se racla la gorge. (Et Simon n'avait plus envie de l'appeler « Papa », en cet instant. Il se sentait en compagnie de Thomas Larmier. C'était à la fois déroutant et solide.)

Thomas dit :

« C'est toujours ici que tu viens, n'est-ce pas, quand ça va mal... Quand quelque chose ne marche pas droit. »

Il parlait, et la tache blanche de la cigarette tremblait du haut en bas.

« Quand j'avais ton âge – et puis même avant et encore après – j'avais moi aussi un coin comme ça. Derrière chez nous..., une espèce de fossé au bout du jardin. C'était mon coin, à moi... On se dit que là rien ne peut vous atteindre. Qu'on peut y attendre la fin du monde, ou Dieu sait quoi, sans courir le moindre risque... C'est pas vrai ? »

Simon hésita, puis hocha la tête affirmativement.

« Oui..., dit Thomas. Oui, c'est ce qu'on se dit... »

Il fuma en silence un moment. L'extrémité de sa cigarette rougeoyait, de temps à autre. Ses avant-bras étaient posés sur ses genoux relevés, ses mains pendaient.

Il dit :

« Brice est revenu, et il m'a dit. »

La gorge de Simon se noua. La question brûlait ses lèvres, mais il n'eut pas à la poser. Thomas dit :

« Il a trouvé ses livres... Enfin, ce qu'il en reste. Je sais pourquoi tu as fait ça, et il le sait aussi..., mais tu n'aurais pas dû le faire, Simon. »

Simon se croyait sec et vide de larmes : elles jaillirent pourtant, sans qu'il y prenne garde. Il se défendit :

« C'est un menteur ! un menteur, et c'est tout ! Il n'a jamais fait ce qu'il dit, et il n'est pas courageux ! Il n'a même pas osé...

– Simon », dit Thomas.

Simon se tut. C'était fini : la colère avait trop brûlé..., il ne restait rien, quelques petites flammèches que trois malheureuses larmes pouvaient éteindre sans la moindre difficulté.

« Je crois que c'est vrai, dit Thomas d'une voix basse. Je pense que tu as tout à fait raison : Brice n'a jamais fait ce qu'il dit. Ce n'est pas un voyageur, et il n'est jamais allé plus loin que cette vallée. J'imagine que c'est vrai. Mais ne parle pas de courage, gamin. Le courage, c'est peut-être vivre malgré tout, et vivre comme il a vécu, comme il vit, souhaitant autre chose qui n'arrivera jamais. Je ne m'y entends guère pour parler, et c'est dommage... Je voudrais bien.

– Il n'est jamais allé en Amérique ! c'était dans le livre, et...

– C'est encore vrai, gamin. Et c'est si mal que cela ? Est-ce que tu n'as pas passé de bons moments, quand il te racontait ses histoires, et tout ce qui lui était arrivé ? »

Thomas marqua un temps d'arrêt..., mais Simon ne dit rien.

« C'étaient de bons moments, pour lui aussi, gamin. Tu peux en être sûr... Il pouvait se permettre ça avec toi, rien qu'avec toi. Tu comprends ? Les autres n'auraient pas marché dans le jeu. Les autres savaient que... qu'il était un vendeur de fil et d'aiguilles venu de Haute-Saône. Mais avec toi c'était autre chose, non ? Bien sûr que ses aventures n'existaient que dans un ou deux livres, mais c'était pourtant davantage, et je te parie qu'il les vivait vraiment. Il se payait ce luxe-là, grâce à toi. Parce que, toi, tu y croyais autant que lui, parce qu'en face de toi il pouvait être autre chose, un autre homme que celui qu'il est – et qu'il n'aime pas tellement. Tu comprends ? »

Simon eut un hochement de tête. Oui... Ce n'était pas facile..., mais il suffisait que Papa, que Thomas parle...

« Pourquoi est-ce qu'il n'a pas fait la guerre ? » demanda Simon.

Thomas retira la cigarette d'entre ses lèvres et secoua la cendre d'une chiquenaude.

« Tu trouves ça anormal ?

– Tout le monde... Tous les hommes y sont allés...

– Oui. Et pas lui. Je crois savoir pourquoi, gamin. Quand il dit que la guerre n'était pas son affaire, il dit vrai. Il ne ment pas... Il est de ceux-là qui pensent envers et contre tout que les hommes peuvent être bons... Il est de ceux-là qui mènent leur vie sans s'occuper des autres, mais qui ne manquent pas une occasion de rendre un service, ou de s'arrêter sur le bord du chemin pour vous parler du temps qu'il fera demain. Je vais te dire : il n'est d'aucun pays, c'est à la fois sa force et sa faiblesse, sa carapace et sa blessure, tu comprends ? »

Il n'attendit point que Simon réponde, et continua, peut-être autant pour lui que pour le fils attentif :

« Je ne lui ai jamais demandé d'être autre chose que ce qu'il est. Il est Brice. C'est tout. Et comme il est, c'est bien, et ça me fait plaisir de lui donner le foin de mon grenier, de lui emplir l'assiette et de parler avec lui. Il m'a appris des choses, et je ne sais même pas quoi..., simplement, peut-être, le contact, l'entente..., le plaisir de regarder tomber le soir en parlant de tout comme de rien. Il est comme ça, ce qu'il est, et je ne voudrais pas qu'il change. Il ne m'a jamais raconté ses histoires d'Indiens et d'Amérique, à moi, c'était ton privilège. Mais je les connais, ses histoires. Et ça me plaît..., tu vois ? Ça me plaît de savoir qu'un type peut venir s'asseoir sur un banc, à côté de moi, et me raconter des histoires comme si elles étaient vraies, et ça me plaît de faire semblant d'y croire... »

La cigarette était éteinte. Thomas la conservait entre ses doigts. La nuit qui pesait semblait pourtant moins noire, et les grillons devenaient fous, soûlés par leurs propres musiques.

« Oui, souffla Thomas. Ça me plaît vraiment... »

Il regarda Simon, dit :

« Chaque chose est là pour être ce qu'elle est, et il n'y a pas à essayer de tout transformer selon son idée. Ne va pas demander au chat d'être un chien, au chien d'être un renard et au renard d'être un loup. »

Il réfléchit un instant, reprit :

« Les perlinquinquins que tu attrapes...

– Je les ai relâchés. C'est Brice qui me l'a dit.

– D'accord... Eh bien, ces perlinquinquins, peut-être qu'ils passent leur vie à se prendre pour de vrais hannetons, hein ? De bons gros hannetons, solides et durs... Qui sait ? Seulement voilà : ils ne font que ça : jouer. Ils ne seront jamais rien d'autre que de petits perlinquinquins – de petits hannetons minuscules, que le Bon Dieu, ou je ne sais pas qui, a faits comme ça. Et c'est tout.

– Oui », dit Simon.

Et de cela il était heureux, soudain. De ces phrases-là, qui expliquaient mieux que n'importe quelle cohorte de mots savants.

« Il n'y a pas à changer ça, dit Thomas. C'est mon idée. Et la vie de Brice est comme il l'a menée, même s'il avait souhaité la mener autrement. Laisse-lui le rêve, laisse-lui s'imaginer qu'un jour il reviendra pour épouser Maria, qu'il n'a qu'un mot à dire pour que ça se produise, qu'il aurait pu le dire, ce mot, il y a bien longtemps, s'il avait voulu... »

Un peu de vent frissonna dans les feuilles des taillis, au-dessus de leurs têtes.

C'était certainement la première fois que Thomas parlait aussi longuement, que Simon l'entendait, l'écoutait, aussi longuement.

« Il va s'en aller demain », dit Thomas, au bout d'un grand moment de silence.

Il ajouta, tout de suite :

« Oh ! pas spécialement à cause de ça... Parce que, de toute façon, c'était prévu. »

Simon ne dit rien.

En bas, les lumières du village clignotaient aux fenêtres ouvertes sur la nuit chaude.

« Il fait bon, hein ? » souffla Simon.

Thomas lui lança un coup d'œil brillant, sourit. Il jeta son mégot. Se leva.

« Viens, dit-il. On a tout l'été, pour des nuits comme celle-là... Maintenant, il est tard. »

Simon se leva. Il avait les jambes lourdes et piquantes d'ankylose. Il mit sa main dans celle, large et solide, que lui tendait son père.

Chapitre 12

Il se souviendrait de ce jour-là. Des jours d'avant, aussi, mais tout particulièrement de celui-là. Sa vie d'homme, comme un arbre, assurerait ses racines, pousserait sous le ciel jusqu'à l'écorce dure, jusqu'à la branche sèche et la sève en allée, jusqu'à la feuille cassante, sans couleur, et tombée – saison d'homme, saison d'arbre, qui parle donc de différence ? Sur le dernier récif de ce ciel lointain, aux nuages pesants, aux nuages trop lourds, bien sûr qu'il se rappellerait. Bien sûr.

Sous la paupière fanée, comme la feuille de l'arbre, les images renaîtraient, pour une dernière fois, dans un dernier sourire, si fragile mais si fort, et gorgé de chaleur. Il se rappellerait.

Un matin dans l'été, sur le bord d'un sentier

que les pas de son père – et les pas du père de son père – avaient tracé dans l'herbe. Un matin d'août encore barbouillé de rosée.

Le soleil bâillait, quelque part, en montagne, derrière la barre dure des sapins bleus et noirs. Le village, tout en bas, ouvrait l'œil, et puis l'autre.

Il y avait sur tout cela, sur la montagne, les vallées, sur les pentes à bruyère et genêts emmêlés, sur la rivière brumeuse d'un reste de nuit balayée, sur les chants d'oiseaux dans les broussailles naines ou les ramures hautes, il y avait le ciel blanc. Le ciel de toujours, mais surtout le ciel de ce matin-là. Trois nuages en bannière flottaient sur le Haut-Pelé. Trois nuages spectateurs, qui avaient arrêté leur balade. Ils étaient déjà là lorsque l'enfant était sorti de la maison; ils attendaient, ils avaient des formes et des panses replètes de nuages amis.

L'enfant était sorti de la maison, de la nuit. Il portait dans ses mains un petit paquet plat, enveloppé dans un exemplaire de *L'Industriel vosgien*, et sur ses yeux, enveloppées dans ses paupières bouffies, les marques rouges de l'insomnie.

La maison ne disait rien. Simon avait descendu le sentier à travers prés. Précautionneusement, sur des jambes un peu molles. Comme un voleur se sauve.

Et puis il s'était arrêté, et il s'était assis à terre, dans les ornières et les crevasses de boue sèche de la piste de débardage, à cet endroit précis où le sentier rejoint la route qui traverse le village et s'en va. S'en va loin...

Il avait eu tout le temps de regarder, d'écouter, de boire le nouveau jour qui montait.

Jusqu'à ce que là-haut, sur le sentier, se détache et avance la silhouette attendue.

Brice fit un petit geste de la main. Il s'arrêta devant Simon.

Dans ses yeux il y avait la surprise, mais aussi toute la charge pesante de mille hontes qu'il s'était inventées, et qui avaient germé, dans les acides semailles des événements passés. Son long manteau était boutonné jusqu'au col. Il avait bien planté sur sa tête, sur le désordre fou de ses cheveux salés, la casquette de laine et le chapeau sans forme. Les bretelles des musettes – la musette pour la faim du rêve, l'autre pour la faim du ventre – se croisaient sur sa poitrine.

« Simon, dit-il. Qu'est-ce que tu fais là ? »

Simon se leva. Il se sentit rougir : regarder dans les yeux de Brice, ces yeux qui n'osaient pas, qui ne savaient pas, c'était comme fixer le soleil en face. Il se balança d'un pied sur l'autre.

Oui..., c'était tout de même difficile, de faire connaissance. De retrouver l'ami qu'on a quitté sur une insulte, accueillir le fantôme d'un mort.

« Papa m'a dit que tu partais », dit Simon.

Une fois le chemin reconnu, les mots coulaient sans heurt.

Simon leva les yeux. Il les posa dans ceux de Brice, comme sur une eau claire.

« Tu serais parti... comme ça ? Sans me dire... »

Brice eut un sourire. Une grimace. Ses mains tirèrent de ses poches le paquet de tabac et le carnet de feuilles que Papa, certainement, lui avait laissés. Les hommes font cela. Papa aussi avait fait cela. Ou bien, quand ils n'ont pas de tabac, ils regardent dans tous les sens et s'arrangent pour faire dévier la conversation.

Simon regarda les doigts de Brice rouler la cigarette. Il ne s'y prenait pas aussi facilement que Papa, mais c'était bien joli tout de même, et puis une question d'habitude devait jouer.

« Je suis bien content que tu sois là, vraiment, dit Brice.

– Moi, aussi », dit Simon.

Et c'était vrai ! Dieu de là-haut, comme c'était vrai ! Même si les mots ne venaient pas, même si les gestes balbutiaient. Tant pis. Au diable les mots et les gestes, au diable tout ce qui n'était pas, dans cet instant, d'un côté Brice et de l'autre l'enfant, et tous deux comme une seule maladresse, comme une seule présence, avec le cœur flottant jusqu'au bout de la dernière veine.

« Brice, il ne faut pas...

– Chttt ! » dit Brice.

Il avait l'œil faussement sévère, et, derrière cette comédie de la pupille, le sourire chaud des autres fois, des autres toujours.

Il dit :

« Les amis, c'est ça, petiot. Ça ne se comprend pas tout le temps, tu sais ? Ça veut trop, et toujours. Ça fait des blagues, parfois, et puis aussi ça fait un peu mal, sans savoir ni pourquoi ni comment. Mais... allez, il ne faut pas non plus leur en demander trop, pas vrai, en plus de l'amitié ? »

Il faisait bon, dans le cœur de l'enfant, lorsque Brice parlait de la sorte, même si les paroles, pour sept ans de vie neuve, n'étaient pas simples à comprendre. Des paroles comme celles de Papa, dans un creux de nuit noire qui sentait la bruyère et le serpolet. Il s'en souviendrait. Il les emporterait, dans la montée de sève, jusque là-haut, jusque tout là-haut, dans le pays des fatigues faciles et des cheveux blanchis.

« Tu vas penser à moi, n'est-ce pas ? dit Brice (comme s'il pouvait douter !). Moi, je t'emmène là, dans la musette. Je t'emmène, petiot, et si un jour j'ouvre la musette, eh bien, tu seras là. D'accord ? »

Il détourna les yeux, regarda sa cigarette. Elle était mal roulée, et le papier se décollait.

Il dit :

« Toi, tu me logeras quelque part, dans ta poche. Dans ta boîte d'allumettes, quand tu attraperas les perlinquin...

– Je n'en attraperai plus », dit Simon.

Brice secoua la tête.

« Bien sûr, dit-il, parmi les boucles de sa barbe. C'est comme ça. On passe un moment de sa vie à attraper des perlinquinquins. Et puis voilà : du jour au lendemain, on ne trouve plus ça drôle. N'est-ce pas ? C'est avec des choses comme celles-là qu'on se retrouve un peu plus grand, un peu plus grand sur deux nouveaux centimètres de jambes maigrichonnes... Grandir... »

Il hocha la tête.

« Maintenant, je m'en vais. Au revoir, gamin.

– Tiens, Brice ! C'est pour toi. »

Simon avait présenté le paquet, presque brutalement. Pendant quelques instants, Brice eut l'air très étonné. Puis il tendit la main, lui aussi, conservant dans l'autre l'affreuse cigarette. Il était là, ne sachant que dire ni que faire. Finalement, il jeta la cigarette, déplia le papier. Lorsqu'il vit la couverture du livre, ses yeux se fermèrent.

« C'est à Papa, dit Simon. Mais il me l'avait donné. Je lui ai dit que c'était pour toi... »

Brice ne dit rien. Du bout des doigts, il caressa la couverture de gros carton de *Cinq Semaines en ballon*. Et puis, toujours sans un mot, il referma l'enveloppe de papier et mit le livre dans sa musette bleue.

« Je suis... Je suis bien content, dit-il. Je suis bien content, tu peux être certain de ça ! »

Déjà, il s'éloignait.

C'était donc ainsi ? Si rapide ?

« Brice !

– Oui, petiot ? » dit Brice.

Il était à trois pas, marchant vers le village.

« Tu reviendras ?

– Certainement, petiot. Certainement... »

Grandir... Grandir, c'est donc aussi savoir démasquer le mensonge ? Et l'accepter ? Mais se forcer, de toute son âme, à n'y pas croire...

Plus tard, lorsque Brice eut disparu derrière le premier virage, avalé par la gueule de pierre des maisons du village, Simon l'enfant s'assit sur le

Déjà, Brice s'éloignait.

bout d'une grume. Un moment, il se tint immobile, attendant patiemment que sa gorge se dénoue, avec le jour qui montait autour de lui, et le ciel, au-dessus, qui se changeait en mer bleue.

Et puis il se leva. Et puis il mit son pas dans les cent millions d'autres pas qui, avant lui, avaient tracé le sentier.

TABLE

Parmi les titres parus dans cette collection

Alain-Fournier
Le grand Meaulnes

Autour du grand Meaulnes, le rêve et la passion emportent les êtres : ce bonheur un jour entrevu, le retrouveront-ils enfin ?

Jack Bickham
Le faucon de Billy Baker

Le « vieux fou » aide Billy à dresser son faucon : pour l'enfant, c'est un ami, mais c'est un suspect pour les gens.

François Molnar
Les gars de la rue Paul

Pour un terrain vague qui représente l'Aventure, deux bandes de collégiens se font la guerre.

Ewan Clarkson
Halic le phoque

Un jeune phoque apprend à vivre dans la mer dangereuse en échappant à l'épaulard et au harpon.

Louisa May Alcott
Les quatre filles du Docteur March

Quatre jeunes Américaines durant la guerre de Sécession. Meg l'aînée, la plus raisonnable, la douce Beth, Amy aux boucles blondes, et Jo un vrai garçon manqué.

James Oliver Curwood
Kazan

Kazan : un quart de loup et trois quarts de chien de traîneau. Un fauve du Grand Nord qui ne peut oublier les hommes.

Roald Dahl
Danny, le champion du monde

Les histoires, la mécanique, tout est passionnant avec papa. Mais le braconnage, c'est l'aventure et le risque en plus...

Alphonse Daudet

Tartarin de Tarascon

Tartarin, le fameux chasseur, est le héros de Tarascon. Mais qu'attend-il donc pour aller au pays des lions ?

Betsy Haynes

Une nièce de l'oncle Tom

Une esclave noire de treize ans rejoint ses frères dans leur combat ; elle aussi se sent née pour être libre.

Jules Renard

Poil de Carotte

Poil de Carotte a-t-il tous les défauts, comme le prétend sa mère ? Ou est-ce un enfant mal aimé ?

José Mauro de Vasconcelos

Mon bel oranger

Zézé à cinq ans est un enfant pauvre et battu, un démon plein d'astuce, le tendre ami d'un petit oranger.

Sid Fleischman

L'homme qui brillait la nuit

Parce qu'il est né à minuit, le jeune Oliver est enlevé par un pirate et condamné à chasser le fantôme !

Bernard Clavel

Légendes des lacs et rivières

Les monstres, les poissons fées, les recettes magiques : tous les secrets de l'eau qui court et qui dort.

Conan Doyle

La ceinture empoisonnée

Si vous passez le week-end chez le professeur Challenger, emportez votre oxygène : la fin du monde est peut-être pour ce soir.

Conan Doyle

Le monde perdu

Entraînés au bout du monde par le professeur Challenger, trois Anglais affrontent des monstres de la préhistoire.

Composition réalisée en ordinateur par IOTA

IMPRIMÉ EN FRANCE PAR BRODARD ET TAUPIN
58, rue Jean Bleuzen - Vanves - Usine de La Flèche.
LIBRAIRIE GÉNÉRALE FRANÇAISE - 14, rue de l'Ancienne-Comédie - Paris.
ISBN : 2 - 253 - 02770 - 7